W0319289

Wie man seine voll peinlichen Eltern erträgt

Bibliografische Information der Deutschen Nationalbibliothek
Die Deutsche Nationalbibliothek verzeichnet diese Publikation in der Deutschen Nationalbibliografie; detaillierte bibliografische Daten sind im Internet über http://dnb.d-nb.de abrufbar.

FSC
www.fsc.org
MIX
Papier aus verantwortungsvollen Quellen
FSC® C014496

Text copyright © 2013 Pete Johnson
Titel der Originalausgabe: My Parents are out of Control
Die Originalausgabe ist 2013 im Verlag Random House Children's Books (Corgi Yearling), London, erschienen.

© 2016 arsEdition GmbH, Friedrichstr. 9, 80801 München
Alle Rechte vorbehalten
Text: Pete Johnson
Übersetzung: Christine Spindler
Covergestaltung und Innenvignetten: Alexander von Knorre

ISBN 978-3-8458-1426-1

www.arsedition.de

PETE JOHNSON

Wie man seine voll peinlichen Eltern erträgt

Aus dem Englischen von
Christine Spindler

arsEdition

Dieses Buch möchte ich meiner großartigen
Lektorin Nathalie Doherty widmen
und meinem Neffen Harry Birch,
der sich die Geschichte als Erster angehört hat.

Inhalt

Wichtige Mitteilung!

Dieses Tagebuch enthält keine Übertreibungen.

Es mag stellenweise unglaublich klingen, aber mir ist alles genau so passiert.

Und dir könnte es auch passieren. Das ist sogar sehr wahrscheinlich.

Aber mach dir deswegen keine Sorgen.

Schließlich bin ich ja da, um dir zu helfen. Darum schlage ich vor, dass du mein Tagebuch zweimal liest. Beim ersten Mal kannst du dich zurücklehnen und es in aller Ruhe genießen und gern über meine Witze lachen. Darüber würde ich mich sehr freuen.

Beim zweiten Mal solltest du dich aufrichten und konzentrieren, vielleicht sogar ein paar Notizen machen. Dann weißt du genau, was zu tun ist, wenn deine Eltern eines Tages …

Aber ich greife vor. Also höre ich an dieser Stelle auf. Wir sehen uns auf der nächsten Seite.

Luis, die Lachnummer

Mum und Dad lernen ein paar neue Wörter

Freitag, 20. September
18.00 Uhr

Mum und Dad haben gerade in mein Zimmer geschaut. Früher wären sie einfach hereingeplatzt, hätten sich neben mich gehockt und mir bei den Hausaufgaben zugesehen.

Nie haben sie mich in Ruhe gelassen. Ich musste nur aufschauen, und da waren sie! Wenn ich mal länger als zwei Minuten auf dem Klo blieb, riefen sie: »Ist alles in Ordnung?« und: »Ich hoffe, dass du da drin etwas lernst.«

Ich litt an totalem Elternüberdruss. Bis sie merkten, dass sie zu aufdringlich geworden waren, und sich tatsächlich besserten. Jetzt bleiben sie also immer im Türrahmen stehen und zischen mir von dort aus etwas zu.

»Na, wie kommst du mit dem Lernen voran?«, fragte Dad.

Ich konnte Ihnen nicht die Wahrheit sagen. Ich versuche, sie vor den harten Realitäten des Lebens zu beschützen. (Aber dir, liebes Tagebuch, werde ich es gleich verraten.) Darum sagte ich nur unbestimmt: »Oh, ganz gut.«

»Übrigens«, sagte Dad, »mein neuer Boss kommt heute zum Abendessen.«

»Das ist aber plötzlich«, fand ich. »Ich wette, er hat sich selbst eingeladen.«

Dad lächelte ein bisschen. »So in etwa.«

»Und ich wette, dass er aussieht, als wäre bei ihm vor drei Tagen die Leichenstarre eingetreten«, fuhr ich fort. »Genau wie dein letzter Boss.«

»Da irrst du dich«, sagte Dad. »Er ist ziemlich jung. Und er will seine Manager und deren Familien in zwangloser Atmosphäre kennenlernen.« Dad lächelte wieder ein bisschen. »Heute Abend sind wir die Glücklichen.«

»Er kommt um sieben«, sagte Mum.

»Ich krieg mich kaum noch ein vor Begeisterung«, sagte ich. Dann kam mir ein entsetzlicher Gedanke. »Ich muss aber keinen Anzug tragen, oder?«

»Es ist nur für ein paar Stunden«, meinte Mum.

Ich stöhnte laut. »Und ich vermute, dass ich mich zur Begrüßung verbeugen und ihn mit Rosenblüten bewerfen muss.«

»Nein, sei einfach du selbst«, sagte Dad.

»Im Ernst?«, grinste ich.

»Na ja, mehr oder weniger«, fügte Dad hastig hinzu.

18.15 Uhr

Meine Eltern sind fort, darum kann ich dir erzählen, liebes Tagebuch, was ich ihnen vorenthalten habe.

Wir haben letzte Woche einen großen Geschichtstest geschrieben, an dem jeder in meinem Jahrgang teilnehmen musste. Mein Ergebnis steht in blutroter Tinte oben auf meinem Blatt.

Ich hatte nur vier Prozent richtig.

Das ist immerhin besser als drei Prozent. Ganz zu schweigen von zwei Prozent. Und ich kann wirklich auf jeden herabsehen, der ein Prozent hat.

Allerdings hat das keiner. Ich war der Schlechteste. Ich fühlte mich wie der letzte Dorftrottel.

Ich bin erst seit zwei Wochen an dieser Schule und sie sind in Geschichte viel weiter als in meiner alten Schule. (An meiner alten Schule waren wir noch nicht mal im achtzehnten Jahrhundert angekommen, während wir hier fast schon damit durch sind. Aber das interessiert dich sicher nicht die Bohne.)

Immerhin darf ich den Test nächsten Dienstag wiederholen. Meine Eltern wissen allerdings nicht, dass es nächste Woche ein Wiederholungstest ist. Sie denken, es wäre der erste.

Und meine Schule erwartet bis dahin von mir, dass ich mich in jeder freien Minute durch die Berge von Aufzeichnungen kämpfe, die sie mir gegeben haben, damit ich den Stoff nachholen kann. Ich muss mir das Zeug nur ansehen, und schon bekomme ich Kopfschmerzen.

Zu allem Überfluss habe ich noch ein großes Problem. Ich leide an einer seltenen Krankheit: Ich bin stark allergisch gegen Hausaufgaben. Erst letzte Woche habe ich daheim mutig mein Mathebuch herausgeholt – und prompt begann es in meinem Gesicht übel zu kribbeln. Am nächsten Morgen hatte ich einen dicken Pickel an der Stelle. Seitdem unterlasse ich es meiner Haut zuliebe tunlichst, Hausaufgaben zu machen.

Aber es gibt auch gute Neuigkeiten, großartige Neuigkeiten, fantastische … na, du weißt schon. Die Schule spielt für mich überhaupt keine Rolle. Ich könnte eigentlich sofort abgehen.

Ich kann endlich das Alphabet aufsagen und bis ungefähr vier zählen, und mehr brauche ich nicht für meine wahre Bestimmung: Menschen zum Lachen zu bringen.

Sogar jetzt, während ich dieses Tagebuch schreibe, versuche ich mir etwas Komisches einfallen zu lassen. In meinem Kopf schwirren ständig Witze herum. Darum kann es für mich nur diesen einen Beruf geben. Ich will überhaupt nichts anderes machen, als Komiker zu werden.

Und ich werde nicht ruhen, bis ich endlich meine eigene Fernsehshow habe! (Am liebsten wäre mir ein Sendeplatz im Samstagabendprogramm, aber da lasse ich mit mir reden.)

Stell dir vor, letzten Sommer kam mein Traum in greifbare Nähe. Ich wäre beinahe in einer Fernsehshow mit dem Titel *Die Stars von morgen* aufgetreten. Ich bin nur so durch die ersten Runden gerauscht und habe es bis ins Finale geschafft. Aber für die Fernsehaufzeichnung wurde ich dann doch nicht ausgewählt. Alles lief so glatt, und dann hieß es plötzlich: »Tschüs, das war's.«

Meine Agentin meinte jedoch, dass ich meinem Traum so nahe gekommen sei, würde beweisen, dass ich kein Amateur mehr sei. Nein, ich bin jetzt ein Halbprofi. Jawohl, ich habe eine Agentin. Ich bin sogar ihr einziger Klient. Sie heißt Maddy und ist so alt wie ich, geht aber auf eine andere Schule.

Wir haben uns in einem Theaterkurs kennengelernt. Dort hat Maddy mir gesagt, dass sie seit sie denken kann eine berühmte Schauspielerin werden wollte. Sie ergatterte sogar eine großartige Rolle, die der Nancy in *Oliver*. Aber als sie auf die Bühne sollte, hat sie vor Aufregung alles vollgekotzt. Schließlich musste ihre Zweitbesetzung für sie einspringen.

Sie wusste, dass sie es wegen ihrer Nervosität als Schauspielerin nicht weit bringen würde, darum steckt sie jetzt ihre ganze Energie in die Talentsuche.

Und sie hat mich gefunden! Sie ist sicher, dass mir bald unglaubliche Dinge passieren werden.

Ich glaube das ebenfalls.

Ich wünschte nur, die unglaublichen Dinge würden sich damit beeilen, weil … Aber jetzt ruft Mum, ich solle meinen Anzug anziehen.

Bis später.

21.30 Uhr

Da stand ich also mit einem aufgesetzten Lächeln, in den Anzug gequetscht wie in eine Zwangsjacke. Auch mein kleiner Bruder Elliot trug einen Anzug, ebenso Dad, während Mum ihren piekfeinen Perlenschmuck angelegt hatte.

Dann latschten Dads neuer Boss und seine bildhübsche Frau Maria herein. Er hatte strubbelige Haare, trug eine abgewetzte Lederjacke, Röhrenjeans und total coole Sportschuhe – also die völlig falschen Klamotten für ein Abendessen.

Eigentlich musste ihm sein Aufzug scheußlich peinlich sein, aber man merkte es ihm nicht an, so wie er zu Elliot und mir herüberschlenderte und sagte: »Hey, Jungs, ich bin Rup.« Dann begrüßte er uns lässig Faust gegen Faust. Bei jedem anderen Erwachsenen hätte ich mich vor Fremdschämen gewunden, aber bei Rup kam es völlig okay rüber. Das lag vielleicht daran, dass er in unserem Haus herumstolzierte wie ein Rockstar auf Besuch.

Dad hatte hinten im Garten eine Hütte, die er sich als Büro

eingerichtet hatte. Ich erwartete also, dass er und Rup für eine Weile dorthin verschwinden würden, um über die Arbeit zu sprechen. Doch stattdessen hing Rup mit Elliot und mir ab und sagte zu Dad: »Kinder und Jugendliche sind unsere Zukunft, darum müssen wir mit ihnen auf einer Wellenlänge liegen. Sie sind irre wichtig.«

Und weil ich so irre wichtig war, stellte Rup mir tausend Fragen. Als er sich nach meinen Lieblingsfächern erkundigte, erwiderte ich: »Karate, Bleistifte zerkauen und Lehrer ärgern.« Rup fiel vor Lachen fast vom Stuhl. Von da an mochte ich ihn unheimlich gern.

»Du bist ein Witzbold«, sagte er und deutete anerkennend auf mich. Dann zeigte er auf Dad. »Und Sie sind seit über zwanzig Jahren in der Firma?«

»Ganz recht«, sagte Dad ein wenig schüchtern. Er hatte seine Krawatte abgenommen und die Hemdsärmel hochgekrempelt, damit Rup sich nicht so fehl am Platz fühlte, was sehr anständig von Dad war. »Ich habe natürlich ganz unten angefangen.«

»Und er wird ständig befördert«, sagte ich, um Dad in ein gutes Licht zu rücken. »Darum mussten wir hierherziehen.«

»Es ist bestimmt nicht leicht für Sie«, sagte Mum zu Rup, »so plötzlich eine neue Firma zu übernehmen.«

»Genau darum«, unterbrach Rup sie, »verlasse ich mich gern auf Leute mit langjähriger Erfahrung wie Ihren Mann.«

»Sie wollen damit hoffentlich nicht sagen, dass ich alt bin«, sagte Dad und er und Rup lachten laut.

Dann sagte Rup zu Dad: »Wir werden die Firma gemeinsam auf den Kopf stellen. Wir haben zu viele Angestellte, die sich zu lange schon im immer gleichen Trott dahinschleppen. Die werden wir kräftig aufmischen.« Er grinste Dad an. »Sind Sie bereit für die Achterbahnfahrt?«

Und ob er das sei, sagte Dad. Ich mochte es, wie Rup dafür sorgte, dass sogar Arbeit spaßig klang.

Nachdem Rup und Maria sich auf den Heimweg gemacht hatten in »ihre Bude« (wie Rup es ausdrückte), sagte ich zu Dad: »Rup schien es gar nichts auszumachen, dass er vergessen hatte, einen Anzug anzuziehen.«

»Warum sollte es ihm etwas ausmachen?«, fragte Dad und klang dabei ganz schön bitter. Ich nahm an, dass er meinte, weil Rup der Boss war, könnte er tragen, was er wollte.

»Rup sah verdammt jung aus, stimmt's?«, sagte ich. »Wie alt ist er denn?«

»Neunundzwanzig«, sagte Dad. Ich habe ihn noch nie ein Wort so schnell aussprechen gehört.

»Ich würde sagen, dass Rup der beste Boss ist, den du je hattest, oder?«

Dad grunzte nur und wirkte nicht mehr annähernd so glücklich wie vorhin, als Rup noch da gewesen war. Darum versuchte ich ihn aufzumuntern. »He Dad, morgen hast du Geburtstag.«

Aber es kam mir nicht so vor, als würde das seine Stimmung heben.

Samstag, 21. September
16.30 Uhr

Heute ist Dads Geburtstag. Ich habe ihm eine Schachtel Kekse gekauft und einen Fußball, der eine Melodie spielt, wenn man ihn tritt. Ich weiß, ich verwöhne ihn viel zu sehr.

Er war blendend gelaunt, bis ihm vor zwanzig Minuten einfiel, wer gleich zum Kaffee kommen würde: meine Großeltern, also seine Eltern.

Meine Oma spricht vier Sprachen und sagt in keiner davon jemals etwas Nettes. Opa ist keine ganz so schlimme Spaßbremse, außer wenn man über die moderne Zeit spricht. Er und Oma mögen sie einfach nicht. Wenn sie könnten, würden sie sie abschaffen und wieder in einem anderen Jahrhundert leben. Außerdem schimpfen sie gern mit Elliot und mir.

»Wenn Oma mir wieder befiehlt, die Ellbogen vom Tisch zu nehmen«, sagte Elliot, »oder wenn sie mich fragt, ob ich mir heute die Hände gewaschen habe, dann werde ich ihr sagen, dass sie sich um ihren eigenen Kram kümmern soll. Ich frage sie ja auch nicht, ob sie sich die Hände gewaschen hat.«

»Ihr sagt kein einziges Wort«, erwiderte Mum bestimmt. »Ihr müsst versuchen, ihren Standpunkt zu verstehen … und außerdem kommen sie ja nicht oft.«

Dann verkündete Dad: »Da sind sie.« Er klang alles andere als begeistert.

19.25 Uhr

»Nun, Luis, hast du dich in deiner neuen Schule gut eingelebt?«, fragte Oma. Wie eine Giftgaswolke traf mich ihr Parfüm, das mich immer an Insektenspray erinnert.

»Na klar, ich habe mich voll eingelebt«, sagte ich vage und hoffte, das Thema wechseln zu können.

Aber Oma ließ nicht locker. »Und wie kommst du mit den Lehrern zurecht?«, wollte sie wissen.

»Ich komme so gut mit ihnen aus«, behauptete ich, »dass sie mich ihren kleinen Liebling nennen und in einem Käfig hinten im Klassenzimmer als Haustier halten.« Ich fand das ziemlich witzig, aber Oma wirkte nur verwirrt.

»Sie halten dich in einem Käfig? Was soll das bedeuten?«

»Es ist ein Witz«, sagte Opa, der wie ein Bluthund aussah, dem man gerade eine schlimme Nachricht überbracht hatte.

»Gut erkannt, Opa«, sagte ich. »Hier ist noch einer. ›Warum sitzen in einem Hubschrauber immer zwei Mann? Einer hupt, einer schraubt.‹ Kapiert?«

Opa lachte tatsächlich, es hörte sich knarrend und verrostet an. Er winkte Elliot und mich näher ran, dann gab er jedem von uns eine druckfrische Zehnpfundnote. Er ist nicht knausrig, das muss man ihm lassen.

»Mensch, Opa, das ist stark«, rief Elliot.

Opa zuckte sofort zusammen. »Du verunglimpfst die englische Sprache, wenn du Wörter wie ›stark‹ so inflationär gebrauchst. Einen Gewichtheber darf man als stark bezeichnen oder …«

Opa kann jahrhundertelang so ablästern, darum war ich froh, als Oma dazwischenrief: »Ihr werdet nicht glauben, was ich heute gefunden habe.«

Ich erwartete, dass sie uns Goldmünzen zeigen würde oder ein verloren geglaubtes Erbstück, das uns stinkreich machen würde. Stattdessen reichte sie Dad ein Foto.

Als Dad es anschaute, hopste er auf seinem Stuhl, als hätte man ihm einen Stromschlag verpasst. Dann sagte er leise: »Ich habe einen Geist gesehen.«

»Du hast ein Foto von einem Geist?«, fragte Elliot neugierig.

»So ungefähr«, sagte Dad, während er weiter das Bild anstarrte. »Das bin ich vor langer Zeit. Wo hast du das bloß gefunden?«

»Ach, ich habe nur ein paar Schränke aufgeräumt«, sagte Oma, »und da fiel es mir in die Hände.«

Dad reichte Mum das Foto, die es breit grinsend anschaute. Dann gab sie es mir. Ich dachte zuerst, auf dem Bild wären große, leuchtende Farbflecken zu sehen, die einen Spaziergang machten. Aber dann begriff ich, dass jemand diese Farbflecken anhatte, und zwar … Dad.

Er hatte viel zu lange Haare und trug ein Rüschenhemd und eine Samtjacke. Um seinen Hals war ein Schal geschlungen und an einem Ohr baumelte ein Silberreifen.

»Warst du damals nicht bei den *Dandy Rebels*?«, fragte Mum.

»Wer in aller Welt war das denn?« Ich grinste.

»Meine Band«, sagte Dad. »Nein, dieses Foto ist etwas früher entstanden.«

»Wie alt warst du?«, wollte Mum wissen.

»Ich kann mich nicht genau erinnern«, begann Dad.

»Aber ich«, sagte Oma. »Es war an deinem fünfzehnten Geburtstag. Also vor genau dreißig …«

»Okay, okay«, unterbrach Dad. »So genau wollten wir es nicht wissen.«

Zu spät, Elliot und ich rechneten es im Kopf ganz fix aus und riefen im Chor: »Du bist fünfundvierzig.«

So alt hatte ich Dad sowieso geschätzt, aber Elliot war völlig aus dem Häuschen. »Und ich dachte, sieben wäre alt.« (So alt ist er nämlich.)

Ich stimmte Elliot zu. »Yeah, Dad, du hast die fünfundvierzig erreicht und bist jetzt richtig alt.«

»Kein Grund, mir das immer wieder aufs Brot zu schmieren«, sagte Dad ruhig.

»Ach was, fünfundvierzig ist das neue dreißig«, meinte Mum gut gelaunt.

»Sagt wer?«, fragte Oma barsch.

»Alle Fünfundvierzigjährigen«, gluckste Opa. Er wandte sich an mich: »Vor dreißig Jahren beklagte ich mich über seine Musik. Ich schätze, genau das macht er bei dir jetzt auch.«

»Da irrst du dich gewaltig«, schrie Dad geradezu. »Erst neulich habe ich etwas auf Youtube angesehen, so ein Rapzeug. Luis kann das bestätigen.«

»Echt?«

»Und ob. Na komm schon, Luis, unterstütz mich ein bisschen«, sagte Dad.

»Okay«, räumte ich ein, »du hat vielleicht zwanzig Sekunden lang zugeschaut.«

»Nun, ich hatte noch andere Sachen zu erledigen, aber solange ich zugesehen habe, hätte ich am liebsten das Tanzbein geschwungen.«

»Das Tanzbein geschwungen?«, echote ich laut lachend. »So was sagt heutzutage kein Mensch.«

Opa beugte sich vor und feixte. »Mach dir nichts vor, Sohn, du bist genauso wenig ein Teenager, wie ich es bin. Das passiert jedem. Wir enden alle eines Tages als komische alte Käuze.« Dann fügte er hinzu: »Du bekommst sogar einen kleinen Wanst, genau wie ich in deinem Alter.«

Dad wandte sich sofort Mum zu. »Ich bekomme doch keinen Bauch, oder?«

»Nun, vielleicht einen ganz winzigen«, sagte Mum.

Ich habe Dad nie entsetzter dreinschauen sehen.

Sonntag, 22. September
8.05 Uhr

Dad weckte mich heute früh, indem er mir ins Ohr zischte: »Wollen wir zusammen joggen gehen?«

Ich hielt es für einen Albtraum, besonders als ich blinzelte und einen Irren in einem ausgeleierten Trainingsanzug herumtänzeln sah.

»Wie steht's mit einer Runde um den Block?«, fragte Dad.

»Ja, mach das – und erzähl mir später, wie es war. Viel, viel später«, fügte ich hinzu und kuschelte mich wieder in meine Bettdecke. »Und sei leise, wenn du rausgehst.«

»Na komm schon, Luis, das wird spaßig.«

»Wird es nicht, glaub mir das«, sagte ich. Aber Dad ließ sich nicht abwimmeln, bis ich schließlich klein beigab.

Und dann lief er nicht, sondern tippelte um den Block. »Na, ist es nicht großartig, mit dem ersten Hahnenschrei auf zu sein und die frische Luft zu genießen?« Nun, es war neblig und sehr kalt. »Wir müssen das jetzt jeden Morgen machen, Luis.«

Nachdem er das gesagt hatte, fing ich an zu zittern und konnte nicht mehr damit aufhören.

»Los jetzt, lass uns um die Wette rennen«, rief Dad plötzlich. Und bevor ich wusste, wie mir geschah, wurde aus dem Joggen ein Wettlauf.

Doch Dad konnte noch so sehr tippeln, schnell war er nicht. Ich überholte ihn mühelos. Ich konnte ihn hinter mir keuchen hören wie einen Kessel kurz vor dem Explodieren.

Wir waren fast beim Haus angelangt und Dads Soundeffekte waren jetzt beunruhigend laut. Er verausgabte sich restlos, denn er wollte das Wettrennen unbedingt gewinnen. Mir war es schnuppe, aber ihm anscheinend nicht. Also wurde ich langsamer, stolperte ein bisschen und ließ ihn an mir vorbeitorkeln.

»Na, Luis, was sagst du jetzt?«, keuchte er.

»Du bist einfach zu schnell für mich, Dad«, erwiderte ich.

»Haha«, triumphierte Dad. »Ich hab's immer noch drauf.« Er holte zu einem High five aus, doch er fiel dabei um.

»Mensch, Dad …«

»Schon gut, alles in Ordnung.« Er bestand darauf, es allein auf die Füße zu schaffen. »Das ist nur mein Knie, das gibt manchmal nach, so wie eben. Könntest du …?«

»Stütz dich auf mich, Dad.«

Dad humpelte heimwärts. Bei seinem Tempo hätte ihn eine Schildkröte mit Bandscheibenvorfall locker eingeholt.

20.30 Uhr

So langsam wird es unheimlich!

Elliot war kaum schlafen gegangen, da sagte Mum: »Wir wollten dich schon das ganze Wochenende etwas fragen. Als Rup dich zur Begrüßung mit der Faust angestoßen hat, da sagte er etwas …«

»Bro«, sagte ich sofort.

Mum und Dad wiederholten das.

»Und was genau bedeutet das?«, fragte Mum.

»Es bedeutet, dass du mein Kumpel bist.«

»Das ist ja interessant«, sagte Mum.

»Hochinteressant«, stimmte Dad zu. »Und könnten wir …« Er lächelte schüchtern. »Könnten wir dieses Faustgeben mit dir üben – nur so, damit wir wissen, wie es geht.«

Darüber würde ich noch eine Woche lang lachen. Die beiden

waren viel zu alt für eine Faust. Aber ich ließ es unausgesprochen, denn ich stehe über solchen Dingen.

Ich ließ mir also von Dad die Faust geben. Nach seinem ersten Versuch zuckte ich zusammen und sagte: »Nein, nein, Dad, du sollst dabei nicht an meine Knöchel knallen, als wolltest du mit mir kämpfen. Es muss eleganter und feiner sein, etwa so.«

Mum und Dad beobachteten mich aufmerksam und übten dann noch einige Male die Faust.

»Ja, jetzt habt ihr den Bogen raus«, sagte ich.

Dann fragte Mum: »Verwendet ihr eigentlich noch den Ausdruck *geil*?«

»Nicht wirklich. Wenn schon, dann sagen wir *endgeil.* Oder *krass.*«

»Endgeil«, sagte Mum.

»Besser«, sagte ich.

»Krass«, sagte Dad.

»Perfekt«, sagte ich.

Dad strahlte.

»Und macht ihr dazu nicht eine kleine Handbewegung?«, fragte Mum.

Ich grinste. »Klar doch. Tut so, als würdet ihr Wasser von den Händen abschütteln.«

Während ich meine Eltern beobachtete, wie sie *krass* sagten und dazu die Geste machten, fand ich, dass es sich einfach nicht gehörte und in jeder Hinsicht falsch aussah. Aber die Vorhänge waren fest zugezogen – und die beiden hatten so viel Spaß.

Es würde also keine schlimmen Folgen haben, oder?

Hier kommt Ticki

Montag, 23. September
16.30 Uhr

Vor Kurzem machten meine Eltern mir ein Angebot, das ich unmöglich ausschlagen konnte. Lass mich dir alles erzählen.

An meiner letzten Schule kam ich mit dem Schulleiter und den meisten Lehrern nicht zurecht – obwohl ich einige tolle Freunde fand. Darum sagten meine Eltern, dass ich es an einer anderen Schule versuchen könnte, wenn ich wollte. Und ob ich das wollte!

Bevor ich an der neuen Schule anfangen konnte, hatte ich vorübergehend einen Privatlehrer – einen Schauspieler ohne Engagement. Er hieß Todd und ich mochte ihn gern. Jetzt bin ich seit zwei Wochen an meiner neuen Schule. Ich verstehe mich weder mit dem Schulleiter noch mit den meisten Lehrern. Und Freunde habe ich auch noch keine gefunden.

Die Schule ist viel kleiner als meine letzte. Das gefiel mir anfangs. Da wird es richtig gemütlich zugehen, dachte ich. Damit lag ich total falsch! Schon an meinem ersten Tag rasteten alle aus – und das aus dem blödesten, hirnlosesten Grund, den du dir vorstellen kannst.

Als ich in diesen seltsamen kleinen Laden ging, wo ich meine Schuluniform bekommen sollte, hatten sie meine Größe nicht auf Lager. Kein Problem, dachte ich, ich würde einfach meinen potthässlichen alten Blazer tragen.

Nun, ich hätte nicht schlimmer schikaniert werden können, wenn ich mit einem Manchester-United-Schal um den Hals in eine Meute Manchester-City-Fans geraten wäre.

Ich war kaum durch das Tor spaziert, als ein Mädchen angerannt kam, auf meinen Blazer deutete und knurrte: »Ich hasse diese Schule. Alle dort sind so hochnäsig.«

»Nein, das stimmt nicht«, begann ich.

»Ihr denkt alle, ihr wärt etwas Besseres. Aber das seid ihr nicht.«

Kurz darauf scharten sich alle um mich und wollten wissen, wieso ich eine feindliche Uniform trug. So viel Aufregung um nichts! Ich meine, alle Schuluniformen sind gleich hässlich, oder? Wen kümmert es, welche man anhat? Aber mit meiner Meinung gehörte ich an dieser Einrichtung zu einer Minderheit.

Ich brachte an diesem Tag nur einen Menschen zum Lachen, ein Mädchen, das zu seinem Freund sagte: »Die Sonne ist so heiß.«

»Dann fass sie nicht an«, rief ich.

Das Mädchen kicherte und verriet mir, dass sie Holly hieß und ein Jahr älter war als ich.

Sie meinte: »Normalerweise sind die Leute hier nicht so unfreundlich.«

»Ist meine Schuld«, sagte ich. »Weil ich neu bin.«

Sie lachte wieder.

Später rief ich Theo an, meinen besten Freund aus meiner alten Schule. Er sagte, dass ich allen schrecklich fehlen würde. Oder vielmehr: dass mein albernes Benehmen allen schrecklich fehlen würde.

»Du musstest nur ein Klassenzimmer betreten, und schon fingen alle zu lachen an.«

»Hier nicht«, sagte ich. »Hier wollen sie mich alle nur mit Sachen bewerfen, wenn sie mich sehen.«

An diesem Abend teilte ich meinen Eltern mit, dass ich wieder in die alte Schule zurückwechseln wollte.

Sie lachten erst, weil sie dachten, ich würde Witze machen, dann sagte Dad: »Aber du hast dir die neue Schule selbst ausgesucht.«

Und Mum sagte: »Gib ihr eine Chance, Schatz.«

Es hat vermutlich keinen Sinn, sie in nächster Zeit noch mal darum zu bitten. Sie werden mich nicht ernst nehmen. Aber ich bleibe hier nicht viel länger, besonders nach dem, was heute passiert ist.

In der Pause machte ich unseren Mathe-Lehrer nach, der durch die Nase spricht, immer »Nein, das dulde ich nicht« mosert und dabei sabbert.

Ich habe ihn genau getroffen und erstklassig gesabbert. Aber niemand ließ sich auch nur zu einem Grinsen hinreißen. Ein Mädchen sagte schließlich: »Ich hasse Angeber.«

Sie wusste, wie sie mich verletzen konnte.

Ich bin doch nie und nimmer ein Angeber. Nein, ich bin ein noch unentdecktes Comedy-Talent, das ist etwas völlig anderes, nicht wahr? Aber die Beleidigung hat mich so schwer getroffen, dass ich sofort Maddy anrief. Sie denkt, dass ich mich zu sehr unter Druck setze, um die Leute zum Lachen zu bringen, und sagte: »Gib ihnen eine Chance, selbst herauszufinden, wie gut du bist, auch wenn es eine Weile dauert.« Sie wird außerdem vorbeikommen, um mir bei meinem anderen großen Problem zu helfen.

Dem morgigen Geschichtstest.

19.45 Uhr

Maddy und ich sind uns einig: Da ich überhaupt nichts für den morgigen Geschichtstest gelernt habe, sollte ich ihn auch nicht nachschreiben. Vor allem, weil meine Eltern dieses Mal zweifellos von meiner schlechten Note erfahren werden. Solche Nachrichten könnten sie wieder in ihre schrecklichen alten Gewohnheiten zurückfallen lassen, die mir ätzende Langeweile garantieren. Es ist noch gar nicht lange her – Anfang September –, als sie mir endlich meinen Fernseher und meinen DVD-Player wiedergegeben haben. (Sie hatten beides eines Tages heimlich und ohne meine Erlaubnis aus meinem Zimmer entfernt.)

Damit bleibt mir keine andere Wahl, als morgen krank zu sein.

Aber welche Krankheit soll ich vortäuschen?

Ich stimmte vehement für einen vierundzwanzigstündigen Anfall von Herzschwäche. »Lasst mich einfach hier liegen und gebt mir die Fernbedienung«, würde ich mit tapferem Lächeln sagen. »Mein Herz wird bald wieder stark sein.«

Aber Maddy meinte, dass es viel besser sei, auf Bewährtes zurückzugreifen – eine Magen-Darm-Grippe. »Damit liegt man nie falsch.«

Sie hat recht, wie immer.

21.15 Uhr

Dad kam heute spät nach Hause, aber noch bevor er seinen Tee ausgetrunken hatte, nervte er mich wieder mit seiner Fragerei.

»Als ich am Samstag sagte, ich würde gern das Tanzbein schwingen, hast du gelacht.«

Ich lachte wieder.

»Das sagt also keiner mehr«, kapierte Dad.

»Nicht mal die Twens«, erwiderte ich.

»Was würdest du denn sagen, wenn du so richtig eingängige Musik hörst, die dir in die Beine geht?«, mischte sich Mum ein.

»Nun, ich würde sagen, dass ich zu den fetten Beats voll abrave«, antwortete ich.

Mum schrieb sich das doch tatsächlich in ihr Notizbuch!

Dann sagte Dad: »So schnell kann es gehen, dass man den Anschluss verliert.«

»Das kann jedem passieren«, ergänzte Mum.

»Und darum möchten wir«, sagte Dad, »dass du uns darüber auf dem Laufenden hältst, wie auf der Straße so geredet wird.«

»Habt ihr eine spezielle Straße im Sinn?«, witzelte ich, dabei wusste ich genau, was sie meinten.

»Zähl doch einfach noch ein paar Begriffe auf, die gerade hip sind«, sagte Dad.

»Und die nur junge Leute benutzen«, unterbrach ich ihn.

»Die Jungen und die Junggebliebenen«, sagte Dad forsch. »Beispielsweise *Yo*. Wann genau wird das verwendet?«

»In Ordnung, ich werde euer Yoda sein und euch an meiner tiefen Weisheit teilhaben lassen in allen Dingen, die cool sind.«

Nach *Yo* erklärte ich ihnen Begriffe wie *Honk* und *Homies* und tausend andere. Ich war überrascht, dass sie das so brennend interessierte. Ich schätze, es hilft ihnen gegen den Gedächtnisschwund, der in ihrem fortgeschrittenen Alter einsetzt. Der Unterricht war ein echter Knochenjob. Ich bin viel zu gut zu meinen Eltern.

Dienstag, 24. September
8.30 Uhr

Hier ist mein Spitzentipp, wie man eine Krankheit vortäuscht. Man muss sich sorgfältig darauf vorbereiten. Man kann nicht einfach die Treppe runterspringen und verkünden, man sei krank. Nein, da ist einiges an Vorarbeit nötig.

Beispielsweise muss man sich die Backen mit Talkum pudern, um blass genug auszusehen, und sich die Haare mit einem feuchten Handtuch betupfen, um kalten Schweiß vorzutäuschen. Wenn man dann endlich zum Frühstückstisch wankt, darf man kein Wort sagen, sondern nur stumm und in sich zusammengesunken auf seinem Stuhl hocken. Untertreibung ist das Zauberwort.

Ich wartete, bis Mum mir hektisch meinen Tee und eine Scheibe Toast vorsetzte. Normalerweise verdrücke ich alles im Eiltempo, aber heute knabberte ich bloß ein- oder zweimal am Brot, dann schob ich den Teller weg, als könnte ich nicht einmal den Anblick ertragen. Außerdem tat ich so, als würde ich nicht merken, wie Mum und Dad mir verstohlene Blicke zuwarfen.

»Es ist wegen dem Geschichtstest, für den du so gebüffelt hast, nicht wahr?«, fragte Mum.

»Stimmt Mum«, sagte ich kraftlos und schenkte ihr ein mattes Lächeln.

»Du hast nicht mehr viel Zeit zum Frühstücken, weiß du«, sagte Dad schließlich.

Ich starrte auf den Teller. »Hab keinen Hunger.«

Dann stellte Mum die Frage, auf die ich so geduldig gewartet hatte. »Geht es dir gut, Schatz?«

Ich stöhnte lang gezogen, dann schoss ich vom Stuhl hoch.

»Ich glaube, mir wird schlecht.« Ich rannte nach oben ins Bad und schloss die Tür hinter mir ab.

Ich konnte hören, wie Mum, Dad und Elliot hinter mir herstürmten. Ich fing an, laute Würgegeräusche von mir zu geben, dann drehte ich den Wasserhahn auf, als ob ich alles verzweifelt wegspülte.

»Geht es dir gut?«, rief Mum durch die Tür.

»Aber ja«, krächzte ich, »ich habe nur ein bisschen spucken müssen.«

Ich beschloss, noch ein paar Soundeffekte draufzulegen. Ich hatte kürzlich eine Katze beim Kotzen beobachtet (was überraschend faszinierend ist) und machte die Geräusche so gut nach, dass es einem Angst und Bange werden konnte.

»Lass uns rein, Luis«, bat Dad, der nun ernstlich besorgt klang. Ich öffnete und wischte mir dabei sorgfältig nicht vorhandene Reste von Erbrochenem von der Nase, dem Mund, sogar aus meinen Haaren. Ich war eins geworden mit meiner Rolle.

»Wo ist die Kotze?«, fragte Elliot, der aufgeregt herumsprang. »Bitte, darf ich die Kotze sehen?«

»Nein, Elliot, geh runter und frühstücke fertig«, sagte Mum. »Seit wann hast du dich denn schon krank gefühlt, Luis?«

»Ehrlich gesagt hatte ich die ganze Nacht Magenkrämpfe.«

»Du siehst wirklich ein bisschen fiebrig und verschwitzt aus«, sagte Mum.

»Und sehr blass«, murmelte Dad.

Es tat mir gut, dass meine aufwendige Vorbereitung so gewürdigt wurde. Ich flüsterte mit dünner, bebender Stimme: »Operiert mir den Magen raus. Soll er doch irgendwo vor sich hin rotten. Dann würde es mir bestimmt gleich besser gehen.«

Jetzt liege ich also auf meinem Bett und glaube, ich bin wirklich damit durchgekommen.

Aber ich fühle mich kreuzelend.

Ich kann dir sagen: Eine Krankheit vorzutäuschen, macht einen völlig fertig.

12.45 Uhr

Was für ein Spitzenmorgen!

Mum musste um halb zehn zur Arbeit, nachdem sie mich zugedeckt und verkündet hatte, dass sie später anrufen würde, um zu sehen, wie es mir ging. Jetzt habe ich das ganze Haus für mich allein. Und ich habe jede einzelne Sekunde der wertvollen Zeit ausgekostet. Ich habe meine Sammlung von Witzen aktualisiert, mehrere Folgen von *Fawlty Towers* und *Porridge* angeschaut sowie die neueste DVD von Michael McIntyre.

Wir ihr seht, ruhe ich mich als Komiker nicht auf meinen Lorbeeren aus. Nein, ich will immer witziger werden. Aus diesem Grund verbringe ich so viel Zeit wie möglich in der Gesellschaft von genialen Kollegen.

Darum las ich anschließend das erste Kapitel von *Der unvergleichliche Jeeves* von P. G. Wodehouse. Mein ehemaliger Privatlehrer Todd hat mir diesen Schriftsteller empfohlen, und er ist einfach einer der komischsten der Welt. Ich habe so viel von ihm geschwärmt, dass sogar Maddy angefangen hat, die Geschichten über Jeeves zu lesen.

Nachdem ich genug gelernt hatte, machte ich mich über die Keksdose her und zappte durchs Fernsehprogramm. Dabei stieß ich auf *Die Problemsprechstunde.*

Falls ihr die Sendung gesehen habt, wisst ihr, dass sie totaler Müll ist. So ein Typ mit einem Gesicht wie ein Frettchen und einer peinlichen Dauerwelle fordert die Zuschauer auf, ihm ihre Probleme anzuvertrauen. Dr. Magnus heißt er.

Es gibt Studiogäste und Anrufer, die ihm vorjammern, dass sie wegen ihrer Schuppen keine Freunde haben, und lauter so Zeug. Dann sagt Dr. Magnus etwas völlig Nutzloses und Dummes wie: »Du musst lernen, dich mit deinen Schuppen anzufreunden.« Dabei lächelt er direkt in die Kamera.

Ich hätte ganz schnell umgeschaltet, wenn sie nicht um Anrufer gebeten hätten. Und als die Telefonnummer eingeblendet wurde – tja, da ertappte ich mich dabei, wie ich sie wählte.

Natürlich nur aus Spaß. Ich habe doch keine Sekunde damit gerechnet, dass ich durchgestellt werde. Aber es klappte auf Anhieb. (Da seht ihr, wie beliebt Dr. Magnus ist.) Bevor ich wusste, wie mir geschah, plauderte ich mit der Redakteurin, die mit weicher Stimme die Anrufe entgegennahm.

Nachdem ich ihr meinen Namen genannt hatte, fragte sie: »Welches Problem würdest du Dr. Magnus gern anvertrauen, Luis?«

Ich hätte sofort auflegen sollen. Aber das erschien mir zu lahm. Stattdessen sagte ich mit einem kleinen Schluchzer: »Werden Sie auch nicht lachen, wenn ich Ihnen mein Problem erzähle?« (Ich hatte immer noch keinen Schimmer, was ich sagen würde.)

»Natürlich nicht, Luis«, sagte sie so freundlich, dass ich mich ein wenig schämte. Aber dann dachte ich an Dr. Magnus, den Heuchler, und plapperte drauflos. »Es geht um Spitznamen. Sie wissen ja, dass man die an der Schule verpasst bekommt. Und ich hasse meinen Spitznamen.«

»Möchtest du ihn mir verraten?«, gurrte sie.

»Also gut, er lautet … Ticki. Manchmal heiße ich auch Zucki oder Spasti. Und manchmal Ticki, der zuckende Spasti. Aber meistens einfach Ticki. Das kommt daher, dass mein Kopf hin und wieder unwillkürlich zur Seite ruckt und ein paar Sekunden später mein ganzes Gesicht zu zucken anfängt, als hätte ich einen nervösen Tick. Das passiert mir in der Schule, in der Stadt, überall. Oft bleiben Leute stehen und starren mich an. Sie folgen mir sogar. Und immer höre ich, wie sie mir nachrufen: ›He, Ticki.‹«

Ich amüsierte mich prächtig, als ich diesen ganzen Unfug erfand. Aber dann fragte die Redakteurin, ob sie sich meine Nummer notieren und mich zurückrufen konnte. Ich dachte, sie wollte mich nur loswerden. Na gut, ich hatte meinen Spaß gehabt. Also gab ich ihr die Nummer und vergaß die Angelegenheit, bis plötzlich das Telefon klingelte.

Es war wieder die Redakteurin. Sie stellte mir noch einige Fragen (zum Beispiel, warum ich nicht in der Schule war) und sagte: »Luis, wir würden dein interessantes Problem gern mit

Dr. Magnus auf Sendung besprechen. Meinst du, du bist dem gewachsen?«

Ich wusste, dass ich die Sache schleunigst beenden sollte, aber sie hatte zwei magische Wörter benutzt. Nein, ich meine nicht »Dr. Magnus«.

Tja, ich würde in einer der schlimmsten Fernsehsendungen aller Zeiten über ein Problem sprechen, das ich erfunden hatte – aber immerhin würde ich AUF SENDUNG sein.

13.30 Uhr

Als die freundliche Redakteurin kurz darauf wieder anrief, teilte sie mir mit, dass ich als Nächster dran sei.

Ich hielt mir das Telefon ans Ohr und schaute dabei auf den Fernseher. Während Dr. Magnus in einem glänzenden Anzug mit jemandem im Publikum plauderte, erschienen direkt neben ihm die Worte: NÄCHSTER ANRUFER: LUIS, 12 JAHRE, AUS HERTS.

Mein Name im Fernsehen! Ich war unheimlich stolz darauf. Dann wurde ich angezählt. »In dreißig Sekunden bist du auf Sendung … in zwanzig Sekunden bist du auf Sendung … in zehn …«, bis die Stimme von Dr. Magnus an mein Ohr drang. Er benahm sich so kameradschaftlich, als wären wir alte Freunde. »Hallöchen, Luis, du hast ja ein total interessantes Problem. Erzähl uns doch davon, wenn du so weit bist.«

Also legte ich los und erzählte noch einmal mein frei erfundenes Leben als Ticki. Ich fügte ein paar neue Sachen hinzu, wie einen Kinobesuch, wo ein Junge mich plötzlich anstieß und sagte: »Kannst du nicht mit dem Zucken aufhören? Du versaust damit meiner Freundin den ganzen Film.«

»Aber ich kann nicht einfach damit aufhören«, sagte ich mit leiser, trauriger Stimme. »Mir blieb nichts anderes übrig, als das Kino zu verlassen.«

Aus dem Publikum war ein lang gezogenes »Oooh« zu hören.

»Ist schon in Ordnung«, sagte ich tapfer. »Der Film wird bestimmt bald auf DVD erscheinen.« Um etwas Leben in die Sache zu bringen, keuchte ich plötzlich: »Dr. Magnus, ich habe gerade eben gezuckt.«

»Das ist völlig in Ordnung, Luis, ich kann dir helfen.« Er war aalglatt und total von sich überzeugt. »Ich glaube«, fuhr er fort, »dass deine Zuckungen stressbedingt sind. Darum möchte ich jetzt, dass du dich entspannst und tief durchatmest.«

Ich nahm den tiefsten, lautesten Atemzug, den die Welt jemals gehört hat. Aus dem Publikum war leises Gekicher zu hören.

»Wie fühlt sich das an?«, fragte Dr. Magnus.

»Absolut fantastisch«, sagte ich, »aber ich habe schon wieder gezuckt. Ich werde Ihnen verraten, was mich wirklich entspannt, Dr. Magnus: Witze erzählen. Wollen Sie einen hören?«

»Ähm, ja, von mir aus«, sagte er und klang zum ersten Mal etwas stutzig. »Vorausgesetzt, er ist nicht zu lang.«

Ich legte sofort los, war doch klar. Mein erster Witz erntete vom Publikum im Studio so viel Gelächter, dass ich vor Freude fast aus dem Bett fiel. Ich vergaß Dr. Magnus und warum ich eigentlich auf Sendung war, und rasselte einen Witz nach dem anderen herunter. Bevor das Publikum aufgehört hatte, über einen zu lachen, gab ich schon den nächsten zum Besten.

Ich stand regelrecht unter Strom, bis Dr. Magnus mir durchs Telefon zubrüllte: »Luis, das reicht!«

Ich kreischte zurück: »Aber stellen Sie sich vor, ich zucke nicht mehr, Dr. Magnus. Sie haben mich geheilt. Sie sind ein großartiger Mann und außerdem sehr mutig, mit so einer Frisur.«

Dr. Magnus sagte sehr leise: »Gut, Luis, du hast also dein Selbstvertrauen zurückgewonnen. Nach einer kurzen Werbeunterbrechung melden wir uns mit einem anderen Problem zurück.«

In der Sekunde vor der Werbeeinblendung sah ich, dass Dr. Magnus drohend mit seinem Klemmbrett wedelte. Ich wette, er hätte es gern nach mir geschmissen. Dann wurde er ausgeblendet und auch die Leitung war tot.

Nichts davon machte mir etwas aus. Ich hatte ein Publikum zum Lachen gebracht und war außer mir vor Freude, bis ich hinter mir eine Stimme hörte. »Luis, ich bin von dir bitter enttäuscht.«

Ich wirbelte herum und sah Mum in meiner Schlafzimmertür stehen. Ich hatte sie erst viel später zurückerwartet. Anscheinend hatte sie nur kurz reingeschaut, um zu sehen, wie es mir ging. Das nenne ich heimtückisch!

Ich starrte sie einen Augenblick lang an, dann zwinkerte ich mit den Augen und rief: »Mum, bist du das? Was ist los? Habe ich etwa wieder im Schlaf geredet?«

13.35 Uhr

Trotz meiner tollen schauspielerischen Leistung kaufte Mum mir das nicht ab. Sie befahl mir, mich anzuziehen. Wenn Dad heimkommt, werden sie und er »ein ernstes Wörtchen« mit mir reden.

19.15 Uhr

Ich wurde gerade für das »ernste Wörtchen« mit Mum und Dad nach unten gerufen. Sie waren nicht annähernd so wütend, wie ich erwartet hatte.

Mum sagte: »Ich kann mir vorstellen, was heute passiert ist, Luis. Du wolltest nicht nur für dich selbst eine gute Note schreiben, sondern auch, um uns damit eine Freude zu machen, nicht wahr?«

Nun, das stimmte irgendwie, also nickte ich vorsichtig.

»Aber als dann der Prüfungstag kam, hattest du solche Angst zu versagen, dass du dich krank gestellt hast – und anschließend hast du am Telefon herumgealbert, um Dampf abzulassen.«

Herumgealbert! Ich hatte Gelächter geerntet, und was auf der Welt könnte wichtiger sein? Aber ich widersprach nicht. Mir gefiel Mums sanfter Tonfall. Vielleicht würde ich mit meiner Aktion noch mal davonkommen.

»Du musst wissen, dass wir immer auf dich stolz sein werden, egal welche Noten du schreibst«, sagte Mum.

Auch dann, wenn ich nur vier Prozent richtig hatte? Wenn ja, war mein Problem gelöst. Aber ich hatte das scheußliche Gefühl, dass das doch nicht zutreffen würde.

»Mach dir also keine Sorgen und setz dich nicht zu sehr unter Druck. In Ordnung, Luis?«, sagte Dad, der sich zum ersten Mal in das Gespräch einmischte.

»Yo, alles klar, super«, sagte ich.

Ich war total erleichtert darüber, wie die Sache lief, doch dann fügte Mum hinzu: »Ich habe in deiner Schule angerufen.«

»Ach wirklich?«, fragte ich und versuchte, locker und unbesorgt zu klingen, obwohl mich gerade die nackte Panik überfiel.

»Keine Sorge, ich habe dich nicht verpetzt«, sagte Mum. »Ich habe sie glauben lassen, dass es dir heute nicht gut geht, aber ich habe gesagt, dass du den Geschichtstest gern morgen nachschreiben möchtest.«

»Das hast du wirklich gesagt?«, keuchte ich. »Du kennst mich in- und auswendig, Mum.«

»Ja, ich habe vereinbart, dass du den Test gleich morgen früh machen kannst.«

»Du bist einfach zu gut zu mir«, sagte ich mit zittriger Stimme.

»An deiner Stelle würde ich heute Abend nicht mehr büffeln«, sagte Dad. »Versuch lieber, alles zu vergessen, was du gelernt hast.«

Dafür würde ich nicht lange brauchen.

»Morgen fällt dir bestimmt alles wieder ein«, sagte er.

»Klingt nach einem guten Plan«, meinte ich.

»Dann ist also alles paletti?«, fragte Dad und fügte hinzu: »Wir haben uns heute früh gewaltig Sorgen um dich gemacht. Also keine vorgetäuschte Übelkeit mehr, okay?«

Mum grinste. »Wenn man sagt, etwas wäre übel, kann das nicht auch heißen, dass es total klasse ist? So wie in: ›Das war übelst gut‹?«

»Yo, Mum«, sagte ich, »du hast es echt drauf. Woher weißt du so was?«

»Ich habe mich im Internet schlaugemacht«, verkündete sie stolz.

»Mum«, sagte ich, »dein Lerneifer begeistert mich.«

»Ich habe eine Menge Wörter entdeckt«, fuhr sie fort.

Ich ließ sie jedes einzelne aufsagen. Hauptsache, wir redeten nicht mehr über den Geschichtstest.

20.15 Uhr

Ich habe Maddy berichtet, wie ich in der Sendung von Dr. Magnus Witze erzählt habe. Danach war sie seltsam still am Telefon.

»Hör mal, ich weiß, dass die Sendung Mist ist …«, fing ich an.

»Darum geht es nicht«, unterbrach Maddy mich. »Aber ich bin deine Agentin, also ist es meine Aufgabe, dir solche Auftritte zu besorgen. Wenn es so weitergeht, wirst du mich feuern.«

Darüber konnte ich nur lachen.

Maddy ist meine Agentin und meine beste Freundin. Man kann sie leicht übersehen, darum machen das viele. Sie ist sehr groß und sehr schüchtern und wirkt sehr ernst, besonders wenn sie sitzt und dabei die Hände im Schoß gefaltet hat, was sie oft macht. Aber in Wirklichkeit ist Maddy total witzig und gar nicht hässlich. Manchmal sieht sie sogar richtig hübsch aus. Zum Beispiel wenn … aber das interessiert dich bestimmt nicht, oder?

Zurück zum Telefonat. Maddy sagte: »Vielleicht hat dich ein großer Fernsehproduzent bei Dr. Magnus gehört.«

»Ja, vielleicht«, meinte ich skeptisch. »Aber so langsam habe ich genug von der Warterei.«

»Du wirst deinen Durchbruch haben, das ist bombensicher.« Ich mag es, wenn sie das sagt, weil sie dabei immer so überzeugt klingt. »Nicht mehr lange, und du wirst der Top-Act auf einem großen Comedy-Festival sein«, fuhr sie fort. »Du wirst mindestens fünf Zugaben geben müssen.«

»Oh, mit Zugaben werde ich sehr großzügig sein. Und danach starte ich im Film durch.«

»Ganz recht«, sagte Maddy. »Bei der Premiere wirst du von Journalisten umringt sein, die dich mit Fragen bedrängen wie: ›Stimmt es, dass Ihr Leben als Animationsfilm umgesetzt werden soll?‹«

»Und, stimmt es, Maddy?«, fragte ich.

»Na klar«, sagte sie. »Pixar hat doch gerade erst die Rechte daran gekauft.«

»Na und ob«, sagte ich mit glücklichem Seufzen.

Mein Leben mag im Moment nicht besonders rosig aussehen, aber meine Zukunft strahlt in den tollsten Farben.

Mittwoch, 25. September
10.45 Uhr

Ich wurde in den Prüfungsraum gesetzt, genau wie meine Klassenkameraden am Tag davor. Aber wir waren heute nur zu zweit, ich und ein anderer Junge, der gestern gefehlt hatte.

Er schrieb rasend schnell, und die ganze Zeit lugte seine Zunge zwischen seinen Zähnen hervor. Während ich ihm zusah, fühlte ich mich wie ein Versager. Ich wünschte, ich wäre gescheit oder wüsste wenigstens etwas über das achtzehnte Jahrhundert. Was wettet ihr, dass der Kerl mindestens 90 Prozent richtig haben wird?

Aber hätte er gestern die Zuschauer von Dr. Magnus so prächtig unterhalten können? Hat er eine Sammlung mit über tausend Witzen? Bestimmt nicht.

Und trotzdem hatte ich nach wie vor das Problem mit dem Geschichtstest. Würde ich diesmal überhaupt vier Prozent schaffen?

Da hatte ich einen Lichtblitz. Ich beschloss, dem Prüfer einen Brief zu schreiben.

Hier ist er.

Sehr geehrter Herr Prüfer,

ich habe Ihren Geschichtstest schon einmal gemacht. Bitte seien Sie mir nicht böse, wenn ich Ihnen sage, dass er mir nicht gefällt. Die Fragen lagen mir schlichtweg nicht. Ich weiß, dass Sie Ihr Bestes gegeben haben. Außerdem ist es bestimmt langweilig, einen Test nach dem anderen zu korrigieren. Darum dachte ich mir, dass ich Sie ein bisschen aufmuntern könnte, indem ich Ihnen ein paar Scherzfragen stelle. Für jede, über die Sie lachen müssen, geben Sie mir einen Extrapunkt. Einverstanden?

Los geht's:

Frage:

Wer lebt von der Hand in den Mund?

Antwort:

Der Zahnarzt.

Frage:

Was passiert mit einem Engel, der in einen Misthaufen fällt?

Antwort:

Er bekommt Kotflügel.

Frage:

Welcher Peter macht den meisten Krach?

Antwort:
Der Trompeter.
Frage:
Was ist der Unterschied zwischen Autos und Klopapier?
Antwort:
Autos kann man gebraucht kaufen.
Frage:
Was hat sechs Füße und singt?
Antwort:
Ein Trio.

Ich schickte dem Prüfer insgesamt vierzig solcher Scherzfragen. Ich muss schon sagen, da habe ich mich mächtig ins Zeug gelegt. Damit sollte ich auf jeden Fall bestehen.

Riesenstunk

Donnerstag, 26. September
8.40 Uhr

EINE KATASTROPHE

Und zwar noch vor Schulbeginn.

Ich erschien in meinem neuen Blazer, den Mum gestern abgeholt hatte. Ich fand ihn total unbequem, aber wenigstens quatschten die Jungs in meiner Klasse mit mir. Es war, als hätte ich endlich die richtige Kriegsbemalung und würde als Stammesangehöriger aufgenommen.

Ich hatte trotzdem nicht vor, noch lange an dieser Schule zu bleiben, und konnte es nicht erwarten, zu Theo und meinen Homies aus der alten Schule zurückzukehren, aber es fühlte sich irgendwie gut an, zumindest ein bisschen akzeptiert zu werden.

Alle waren gerade dabei, meinen Blazer zu begutachten (obwohl ich so lange darauf gewartet hatte, passte er nicht besonders gut), als ein Junge plötzlich nach meinem grauen Pullover griff und sich vor Lachen ausschüttete. »Schaut mal«, rief er den anderen zu. Ich hatte keine Ahnung, worum er so ein Getue machte.

»Wie alt bist du eigentlich?«, kreischte mich ein anderer Junge an. »Drei?«

»Armer kleiner Junge«, grölte ein dritter. »Hattu Angst, deinen neuen Pulli zu verlieren?«

Und da kapierte ich, was los war. Meine Mutter hatte ohne meine Erlaubnis oben in meinen Pulli ein kleines Etikett mit meinem Namen eingenäht. Ich spürte, wie meine Ohren vor Scham zu glühen begannen. Aber ich wusste, dass ich mir nichts anmerken lassen durfte. Ich musste so tun, als wäre nichts passiert.

Also lächelte ich vergnügt in die Runde und sagte das Erstbeste, was mir einfiel: »Die Etikette verlangt ein Etikett.« Dann verkrümelte ich mich eilig aufs Klo und riss das Etikett schleunigst aus dem Pulli.

10.30 Uhr

Natürlich ließen sie mich nicht in Ruhe und fragten ständig, ob auch in meinen Socken und Unterhosen mein Name stand. Ich biss die Zähne zusammen, grinste breit und schickte Mum eine empörte whatsapp-Nachricht.

11.00 Uhr

Mum hat gerade auf meine Nachricht geantwortet. Sie schreibt, sie hätte es nur gut gemeint, weil sie dachte, dass ich nach dem Sport meinen Pulli so leichter wiederfinden würde. Meine Mum hat einfach keine Ahnung, was auf der Welt los ist.

11.25 Uhr

Als ich gerade dachte, mein Tag könnte nicht mehr schlimmer werden, schickte man mich zu Mr Morgan, dem Direktor.

Wenn man zum Direktor geschickt wird, kann das nur eines bedeuten: dass man tief in der Scheiße steckt.

Aber was hatte ich angestellt? Mir fiel nichts ein. Vielleicht hatte er von dem Namensschild in meinem Pulli Wind bekommen und wollte mich deswegen abmahnen, weil es sich nicht gehörte. Ich lächelte in mich hinein. Aber als ich die lange Wendeltreppe zu seiner Höhle hochtappte, wurde mir so angst und bange, dass sich mein Magen verknotete.

Ich wurde sofort in den Thronsaal vorgelassen. Und da saß er an seinem Schreibtisch, ein Hüne in einem teuren Anzug. Er hatte ein zerfurchtes Gesicht mit winzigen Knopfaugen und einem Dauergrinsen. Seine schmalen Lippen waren kaum der Rede wert (darum werde ich sie auch nicht mehr erwähnen), und sein Lächeln war nicht freundlich, sondern total gruselig. Ich sage euch, er sah mehr nach Bond-Bösewicht aus als alle echten Bond-Bösewichte zusammen. Ich werde ihn Dr. Fiesling nennen.

Dr. Fiesling hockte reglos da und starrte mich durchdringend an, wie ein Paket, dessen Inhalt er erraten wollte.

Dann klatschte er meinen Test so laut auf den Schreibtisch, dass ich zusammenzuckte. »Willst du mir dazu etwas sagen?«, forderte er mich auf.

Ich sagte: »Tja, ich habe wohl nicht die Bestnote bekommen. Habe ich überhaupt etwas richtig?«

»Nach deinem grauenhaften ersten Ergebnis haben wir dir die Chance gegeben, den Test noch einmal zu machen, und das ist alles, was du zustande gebracht hast?« Dann las er die Scherzfragen vor, die ich auf die letzte Seite geschrieben hatte. Ich kann dir sagen, sollte er je eine neue Berufslaufbahn einschlagen wollen, dann würde er als Komiker gnadenlos scheitern. Er bekam nicht mal das Timing richtig hin. Es schien mir jedoch kein geeigneter Zeitpunkt zu sein, ihm ein paar Tipps zu geben.

Dann fragte er: »Möchtest du noch etwas sagen, bevor ich deine Eltern anrufe?«

Das war das absolute Horrorszenario. Meine Eltern haben sich in letzter Zeit viel besser benommen. Aber dieser Anruf könnte sie in ihrer Entwicklung weit zurückwerfen. Sie würden sich wieder ständig in mein Leben einmischen wollen. Mir musste schnell etwas einfallen, um das zu verhindern.

»Flashbacks«, rief ich verzweifelt.

»Flashbacks«, schnurrte er.

»Genau, in Prüfungsräumen erleide ich immer Flashbacks. Und zwar seitdem ich dort mal von einem Schwarm Killerwespen angegriffen wurde. Direkt über meinem Kopf war ein Wespennest. Alle konnten sich rechtzeitig in Sicherheit bringen – außer mir. Der Arzt sagte, er hätte noch nie ein so übel zugerichtetes Opfer von Killerwespen gesehen. Ich hatte Glück, überhaupt lebend davongekommen zu sein. Tja, und wenn ich in einem Prüfungsraum sitze, kann es passieren, dass ich einen Flashback erleide. Gestern hat es mich besonders schlimm erwischt.«

Das Wort Flashback hatte es mir angetan (wie du wahrscheinlich bemerkt hast). Ich hätte es fast noch einmal gesagt, doch dann fiel mir auf, was für ein Gesicht der Direktor machte. Es heißt, wenn ein Leopard kurz davor wäre, einen anzuspringen, dann bekäme er einen ganz bestimmten Ausdruck in den Augen. Und genau diesen Ausdruck hatte auch Dr. Fiesling.

Dann sprang er auf die Füße und atmete dabei stoßweise durch die Nase. Gleich würde er mir die Hölle heißmachen. Aber stattdessen furzte er so kraftvoll, dass es mir die Haare hochwehte, und verbreitete dabei einen Gestank, der ein Zebra betäubt hätte.

Ich sage euch, wenn Furzen eine olympische Disziplin wäre, würde Dr. Fiesling auf dem Siegertreppchen landen.

Natürlich konnte er nicht kichern und zugeben, dass er einen hatte fahren lassen. Also versuchte er, sich nichts anmerken zu lassen, während er zum Fenster stürzte und es bis zum Anschlag aufriss.

»Deine unglaubliche Geschichte …«, fing er an. Dann hielt er inne, fummelte ein Taschentuch raus und hustete hinein.

Ich musste das Lachen so sehr unterdrücken, dass mir heiß wurde und ich zu zittern begann. Um mich abzureagieren, hustete ich mit. Plötzlich schoss er vor, warf mir meine Prüfungsbögen hin und sagte: »Du wirst den Test daheim wiederholen und deine Eltern werden dich dabei beaufsichtigen. Ich erwarte von ihnen eine unterschriebene Erklärung, dass er unter Prüfungsbedingungen stattgefunden hat. Am Freitag um neun muss mir alles vorliegen.«

Ich starrte ihn mit offenem Mund an. Er hatte mir kein Wort geglaubt. Aber er wollte mich unbedingt loswerden, damit er Duftspray im Raum verteilen konnte.

Bevor ich ging, fragte ich zuvorkommend: »Soll ich die Tür offen lassen, Sir?«

»Geh endlich«, zischte er.

Sobald ich draußen war, lachte ich so heftig, dass ich davon Schluckauf bekam.

12.30 Uhr

In der Pause rief plötzlich eine Stimme hinter mir: »He, Luis.«

Es war Holly, das Mädchen, das an meinem ersten Tag über meinen Witz gelacht hatte. Seitdem hatten wir hin und wieder miteinander gequatscht.

»Das warst du, oder?«, fragte sie.

»Vielleicht.« Ich dachte, sie meinte dieses peinliche Etikett auf meinem Pullover.

Aber sie sagte: »Ich habe am Dienstag gefehlt, weil ich krank war, und habe die Sendung von Dr. Magnus gesehen. Da hat ein Junge aus Herts angerufen, der Luis hieß und sich genau wie du anhörte. Er hat von seinen Zuckungen erzählt.« Sie lächelte. »Dein Kopf zuckt im Moment aber gar nicht.«

Ich grinste. »Dr. Magnus hat mich geheilt.«

»Und wie kamst du überhaupt in die Sendung?«, wollte sie wissen.

»Ich habe einfach angerufen«, sagte ich.

»Und dann hast du dir diesen ganzen Schrott ausgedacht?«

»Mir Schrott einfallen zu lassen, fällt mir nicht schwer«, meinte ich lachend.

»Das hat mich echt umgehauen, als dein Name erschien.«

»Ich stecke voller Überraschungen«, sagte ich.

Dann rief sie zwei anderen Mädchen zu: »Jep, er war das.« Sie drehte sich wieder zu mir und sagte hastig: »Also, dann bis zur Schuldisco am Samstag.«

Ich zögerte, denn ich hatte nicht vorgehabt hinzugehen. »Eher nicht«, sagte ich.

»Lass dich von den Blödspaten in deiner Klasse nicht abschrecken.«

Sie nannte die Jungs in meiner Klasse Blödspaten. Holly wurde mir immer sympathischer.

»Du hast schließlich auch das Recht hinzugehen.«

»Ja, schon«, stimmte ich ihr zu. »Ich könnte ja mal reinschauen – vorausgesetzt, ich bekomme das Zucken unter Kontrolle.«

Holly grinste. »Ich habe mich vor Lachen gekringelt, als ich dich in der Sendung gehört habe. Also, bis Samstag.«

16.00 Uhr

Maddy sagte, an ihrer Schule nehmen sie jetzt auch das achtzehnte Jahrhundert durch. Ich brauche heute Abend nur mit den Prüfungsfragen zu ihr gehen und sie wird mir die richtigen Antworten geben. Dann muss ich sie nur abschreiben, wenn ich meinen Test daheim wiederhole.

Was für eine Top-Agentin!

21.20 Uhr

Ich habe den Test fertig! Mum und Dad haben die Zeit gestoppt, und als sie rum war, stürmten sie in mein Zimmer.

»Und, wie war es?«, fragte Mum besorgt.

»Hat dir die Zeit gereicht?«, fragte Dad.

»Gerade so«, sagte ich, dabei war ich schon seit Ewigkeiten damit fertig, Maddys Antworten abzuschreiben.

»Was meinst du, wie gut es gelaufen ist«, erkundigte sich Dad.

»Ich glaube, ganz gut«, sagte ich bescheiden.

Sie strahlten mich an.

Dann meinte Dad: »Mum sagt, du würdest morgen bei der Schuldisco abhängen.«

»Tja, ich dachte, ich könnte den Laden ein bisschen aufmischen«, sagte ich.

»Ich fahr dich hin und hol dich anschließend wieder ab«, bot Dad an.

»Mensch, danke Dad.«

»Das wird bestimmt rocken«, sagte Dad mit breitem Grinsen. »Ihr werdet fette Beats auflegen.«

»Ja, das wird übelst gut«, fügte Mum hinzu.

Meine Mum und mein Dad sind zum Schießen. Wenn ich sie filmen und bei YouTube einstellen würde, bekäme ich unendlich viele Klicks.

Aber das würde ich ihnen niemals antun.

Freitag, 27. September
8.30 Uhr

Dad hat bisher jeden Tag eine schäbige, alte Aktentasche mit zur Arbeit genommen – bis heute. Jetzt hat er plötzlich eine brandheiße neue Tasche mit Sportlogo, die er sich über die Schulter hängt.

»He, Dad, du siehst beinahe cool aus«, sagte ich. Dann fiel mir noch etwas auf. »Du hast deine Krawatte vergessen, das gibt zweimal Nachsitzen.«

Dad grinste. »Mein erster Arbeitstag ohne Krawatte. Rup und seine Partner tragen nie welche. Ich muss mit der Zeit gehen, nicht wahr? Ich wünsch dir einen megaüblen Tag, Luis, cu.«

Ich behandelte ihn nachsichtig und verkniff mir das Lachen.

Er tat mir sogar ein bisschen leid. Armer alter Dad, der versucht, mit der Zeit zu gehen. Eine Schande, dass er keine Chance hat. Er wird immer alt bleiben und der Zeit hinterherhinken.

15.30 Uhr

Mein Test wurde schon benotet. Diesmal habe ich bestanden, mit sagenhaften 56 Prozent. Ich bin so stolz auf mich.

17.20 Uhr

Holly will mich auf Facebook adden, ebenso wie die anderen drei Mädchen in ihrer Klassenstufe. Könnte es sein, dass meine Tage als Außenseiter an der Schule gezählt sind?

Dad holt seinen Youngster ab

Samstag, 28. September
17.30 Uhr

Eine der wichtigsten Aufgaben von Eltern ist es, ihrem Kind regelmäßig die angesagtesten Sportschuhe zu kaufen, also mindestens einmal jährlich, besser noch zweimal. Was man nie erwarten würde, ist, dass Eltern die angesagtesten Sportschuhe für sich selbst kaufen. Doch ich war Zeuge. Ich habe gesehen, wie sie in ihren großen, neuen, klobigen, weißen Sportschuhen durchs Haus stolziert sind.

»Sie sind gar nicht mal so unbequem«, sagte Mum. »Wir haben sie eigentlich fürs Fitnessstudio gekauft.«

»Ihr geht jetzt ins Fitnessstudio?«, staunte ich.

»Warum denn nicht?«, fragte Dad. »Wir haben uns gerade angemeldet.«

»Also, ich habe irgendwo gelesen, dass man bei Sportschuhen heutzutage die Laschen heraushängen lässt«, sagte Mum.

Tut man – aber nicht so alte Knacker wie meine Eltern. Wenn sie das in der Öffentlichkeit tun, geben sie sich – und damit auch mich – der Lächerlichkeit preis. Ich atmete krampfhaft durch, bis mir etwas einfiel.

Wie oft war Dad schon laufen gegangen? Einmal. Was wettet ihr, dass Dad und Mum nur ein einziges Mal ins Fitnessstudio gehen werden? Außerdem würde es schon fast dunkel sein, wenn sie das Haus verließen. Mit etwas Glück würde niemand sie sehen.

Schon bald wird dieser Spleen vorbei sein, und Dad wird wieder seine üblichen ausgelatschten Sportschuhe tragen, während die neuen Schuhe in einem Schrank verstauben, ungetragen und vergessen. Und wer weiß, vielleicht passen sie mir bald …

Dann würde ich ihnen zeigen, wie junge Leute ihre Sportschuhe tragen – mit offenen Schnürsenkeln und heraushängenden Laschen.

»Jetzt sind wir echt gechillt«, sagte Dad.

»Oh ja, und wie.« Ich grinste.

18.00 Uhr

Ich habe Maddy angerufen und beiläufig gefragt, was sie heute Abend vorhat.

»Die beste Freundin meiner Mutter ist kürzlich in die Gegend gezogen«, sagte sie. »Sie kommt heute mit ihrem Sohn Edgar vorbei und ich soll ihm Gesellschaft leisten.«

»Den hast du ja noch nie erwähnt«, bemerkte ich.

»Ich habe ihn seit Jahren nicht mehr gesehen«, sagte Maddy. »Mum möchte, dass ich besonders nett zu ihm bin, weil er so wenige Freunde hat.«

»Wird bestimmt ein Riesenspaß«, murmelte ich. Aber insgeheim war ich enttäuscht. Weißt du, ich hatte eigentlich vor,

Maddy zu fragen, ob sie mit mir in die Disco gehen wollte. Ich hätte sie schon früher gefragt, aber weil sie nicht an meine Schule geht und dort niemanden kennt, fand ich das unpassend. Andererseits kenne ich an der Schule auch niemanden, obwohl ich dort hingehe. Wir säßen also im selben Boot.

Nun ärgerte ich mich furchtbar, dass ich es nicht schon früher erwähnt hatte. Denn wenn Maddy mitgekommen wäre, dann hätte es überhaupt nichts ausgemacht, wenn außer Holly und ihren Freundinnen niemand mit mir gesprochen hätte. Maddy und ich hätten auch so eine Menge Spaß gehabt. Aber ohne sie …

Stellt euch vor, ich war drauf und dran, Maddy zu bitten, ihre Pläne zu ändern. Aber dann dachte ich, dass ich zu verzweifelt und aufdringlich rüberkommen würde, fast als wäre es ein Date, zu dem ich sie einlade. Hahaha, was für ein verrückter Gedanke.

21.05 Uhr

Frage: Was ist der blödeste Ort für eine Schuldisco?

Antwort: Die Aula.

Schließlich finden hier die Schulversammlungen und die Prüfungen statt. Es ist der Ort, an dem Schüler gefoltert werden, und der bleibt er auch, wenn man eine Discokugel an die Decke hängt und Musik auflegt.

Es hebt auch nicht gerade die Stimmung, wenn man die Stuhlstapel für die Montagsversammlung in einer Ecke bereitstehen sieht. Zu allem Überfluss ist der Raum durchzogen vom typischen Schulgeruch nach Reinigungsmitteln, Politur und Weltschmerz.

Dabei habe ich noch nicht mal die Lehrer erwähnt. Sie mögen ja in legeren Jacken und etwas schickeren Schuhen herumschlurfen, aber an einem Samstagabend will ich ihnen weder auf einer Party noch sonst wo begegnen, um die Wahrheit zu sagen.

Kein Wunder also, dass alle am Rand der Aula in verschreckten kleinen Gruppen herumstanden. Die Mitte des Saals, in der wir eigentlich wild tanzen und »Spaß haben« sollten, war menschenleer.

Das einzige Highlight des Abends war eine lange Tafel mit Essen. Aber selbst die wurde von den Lehrern mit Argusaugen überwacht. Einer fragte, als er mir einen Teller überreichte: »Ist das dein erster oder dein zweiter Nachschlag, Luis?«

»Es ist sogar schon der vierte«, gab ich zu.

Holly kam mit drei Freundinnen kurz zu mir rüber. Sie quatschten über meinen Auftritt bei Dr. Magnus, waren zwei Minuten lang voll fasziniert, dann stöckelten sie wieder davon. Später sah ich Holly mit diesem Typen aus der Neunten, der herumstolzierte, als würde er sich für unheimlich cool halten. Die Jungs in meiner Klasse gafften mich unentwegt an, als hätte ich drei Köpfe oder so.

Dann rief mir ein Junge aus meiner Klasse zu: »Ich dachte, du würdest mit den bonzigen Typen aus deiner alten Schule abhängen.«

Es hätte keinen Sinn gehabt, ihm zu erklären, dass meine alten Klassenkameraden überhaupt nicht stinkvornehm waren. Ich lächelte ihn nur gelangweilt an und ging weiter.

Manche riefen mir andere Beleidigungen zu, aber ich hatte beschlossen, so zu tun, als seien es alles Komplimente. Wenn also einer sagte: »Du bist ein Vollpfosten«, dann grinste ich nur und erwiderte: »Danke, das ist sehr nett von dir.« Du darfst dir nicht anmerken lassen, dass sie deine Gefühle verletzen.

Ist schon komisch, dass man sich allein in seinem Schlafzimmer weniger einsam fühlen kann als mitten in einer Menschenansammlung. Ich habe mich tatsächlich noch nie so ausgeschlossen und ausgegrenzt gefühlt wie hier.

Ich hätte nicht kommen sollen, was?

Mir kam es so vor, als würde die Party länger dauern als der Hundertjährige Krieg. Dad würde mich erst um halb elf abholen. Ich beschloss, ihm eine whatsapp-Nachricht zu schicken, dass er früher kommen sollte.

Ich wollte schon lostippen, da überlegte ich es mir anders, denn sonst hätten die ganzen Blödspaten, wie Holly sie nennt, gewonnen. Ich würde diese Party irgendwie durchstehen.

Willst du wissen, was ich gerade tue? Ich spaziere mit einem vollgehäuften Teller herum und mache ein Gesicht, als hätte ich den besten Witz aller Zeiten gehört. Dabei kann ich nicht mal mehr mitzählen, wie oft ich dabei gedacht habe: Wenn Maddy doch hier wäre!

22.45 Uhr

Es war fast Abholzeit und ich wollte mich gerade abseilen, da sprach mich doch noch jemand an. Ich erschrak zu Tode, denn ich war sicher, ich sei schon vor Stunden unsichtbar geworden.

Es handelte sich um ein Mädchen mit einer schweren Erkältung. Sie zog ständig die Nase hoch und wollte wissen, ob es stimmte, dass ich diese Woche im Fernsehen interviewt worden war. Ich erzählte ihr davon, und sie fragte, ob ich vorhätte, das öfter zu machen.

»Die Verhandlungen laufen, aber alles ist noch streng geheim. Meine Agentin kümmert sich um diese Angelegenheit.«

»Du hast eine Agentin!«, keuchte sie.

»Klar doch«, sagte ich betörend gleichgültig.

»Aber du gehst noch zur Schule.«

»Die Schule spielt in meinem Leben nur eine untergeordnete Rolle. Ich befasse mich hauptsächlich mit der Welt der Comedy und habe vor, tiefer ins Fernsehgeschäft einzusteigen.«

Sie schnäuzte sich beeindruckt. Ich bot ihr ein neues Taschentuch an. Sie nahm es dankbar an, denn ihre Erkältung startete erst so richtig durch, wie sie sagte. Ich opferte mein saubersted Taschentuch.

»Du kannst es behalten«, sagte ich. »Und immer, wenn du dich schnäuzt, kannst du dabei an mich denken.«

Sie lachte. »Ich kann mir vorstellen, dass du im Fernsehen gut ankommst.« Dann musste sie den Kopf in den Nacken legen, weil sie befürchtete, Nasenbluten zu kriegen.

»Das bekomme ich oft, wenn ich Schnupfen habe«, ließ sie mich wissen.

»Dann wird dir heute Abend bestimmt nicht langweilig«, erwiderte ich.

Auch wenn sie nicht gerade vor Gesundheit strotzte, freute ich mich, dass wir Freunde geworden waren. Als das Nasenbluten ausblieb, ging ich Julie einen Drink besorgen. (Jep, sie hat mir sogar ihren Namen verraten. Es wird ernst, Leute!)

Mehr in Kürze!

23.00 Uhr

Ich hatte Julie gerade ihren Drink in die Hand gedrückt, als das Licht anging und die Lehrer verkündeten, dass die Disco vorbei sei. Jammerschade! Die Lehrer fragten, wer bleiben und beim Aufräumen helfen wollte. Sofort stürmten alle ins Freie.

Als wir in Richtung Parkplatz strömten, schallte eine Stimme durch die Finsternis: »Yo, Homies, habt ihr einen starken Abend? Wo ist denn mein Youngster?« Sofort machte sich eine unheimliche Stille breit.

Aber wer aufmerksam lauschte, konnte hören, wie sich die feinen Härchen auf meinen Armen aufstellten.

Alle starrten mit offenem Mund einen Mann in den besten Jahren an, der in brandneuen Sportschuhen vor ihnen herumhopste. Julie kicherte und flüsterte mir zu: »Ist ja abartig!«

Ich sagte nichts, weil mir die Worte fehlten. Mir war vor Schreck das Gehirn eingefroren.

»Was meinst du, wer das ist?«, fragte sie. »Vielleicht der Dad von jemandem?«

Meine Antwort konnte ich mir schenken, denn Dad hatte mich entdeckt. »Yo, Luis, da bist du ja, Sportsfreund.«

Das passiert alles gar nicht wirklich, sagte ich mir. Ich bin nur kurz in ein Paralleluniversum geschlittert.

»Na, hast du ordentlich Spaß mit deinen Homies?« Meinem Dad brannten sämtliche Schaltkreise durch, und das vor allen Schülern meiner Schule. Anders war sein Gerede nicht zu erklären.

»Das ist nicht wirklich dein Dad, oder?«, raunte mir Julie zu. Sie hätte nicht schockierter sein können, wenn ich ihr gesagt hätte, meine Eltern kämen vom Mars.

»Er kommt von seinem Trip wieder runter, wenn ich ihm eine Gutenachtgeschichte vorlese«, sagte ich in dem verzweifelten Versuch, sie zum Lachen zu bringen. Es wirkte nicht.

Trotz meines Schockzustands wusste ich, dass ich Dad schleunigst von hier wegschaffen musste. In drei großen Schritten war ich bei ihm, legte einen Arm um ihn und marschierte mit ihm durchs Schultor. Ein Superheld wäre nicht schneller geflitzt!

Ich sagte kein Wort, während ich Dad vom Tatort wegbrachte, denn nur wenn ich schwieg, kam ich stark rüber.

Da kam wieder Leben in meine entsetzten Klassenkameraden. Eine ganze Gruppe rief Dad nach: »Yo!«

»Yo«, rief mein Dad zurück, der nicht merkte, dass sie sich über ihn lustig machten. »Alles fit?«

Alle kugelten sich vor Lachen – außer mir.

Was war nur in Dad gefahren? Wenn er mich früher von einer Party abgeholt hat, wartete er still und brav im Auto. Kein Wort sagte er, bis wir losgefahren waren, und selbst wenn Freunde mitfuhren, beschränkte er die Konversation auf das Allernötigste.

Er musste den Körper mit einem Irren getauscht haben. Er war nicht wiederzuerkennen. Er ging nicht mal wie mein Dad, sondern imitierte Rups lässigen Gang.

ENDLICH – wir waren bei Dads Wagen angekommen und ich bombardierte ihn mit Fragen. »Dad, warum bist du vorhin zur Schule gelaufen und … und hast … also, was sollte das?«

Dad stand an der Fahrertür, ich an der Beifahrertür. Eine Sekunde lang blieb er reglos wie ein Schatten. Dann brabbelte er aufgeregt los.

»Na, ich habe so weit weg geparkt, dass ich Angst hatte, wir könnten uns verpassen. Darum dachte ich, ich laufe mal zur Schule und werfe einen Blick hinein, um zu sehen, ob die Disco schon vorbei ist. Ich habe dich nirgendwo gesehen, aber weißt du, was mich wirklich erstaunt hat?« Dad reckte den Kopf über dem Wagendach in meine Richtung. Sein Gesicht glühte vor Begeisterung. »Es ist alles wie früher. Nichts hat sich geändert, Luis, nichts. Ein Mädchen hockt heulend auf der Treppe, umlagert von ihren Freundinnen. Draußen lungern ungebetene Gäste herum. Ein paar Jungs raufen sich. Ich …«

Hinter uns riefen zwei Jungs: »Loser.« Ich wusste, dass sie mich meinten.

Aber ich glaube, Dad hörte sie nicht mal, denn sein Blick war verklärt. »Ich habe mich in meine eigene Jugend zurückversetzt gefühlt.«

Ich betrachtete ihn nun mit größter Sorge. »Echt?«

»Wie die Menschen in ihrem Rollenverhalten feststecken! Sogar mir geht es so.« Er schob sich um den Wagen herum in meine Richtung. »Darum dachte ich, dass ich dringend aus meiner langweiligen alten Rolle ausbrechen und dich und deine Freunde überraschen sollte.«

Das war ihm allerdings gelungen.

»Ich werde allen zeigen, dass ich noch lange nicht zum alten Eisen gehöre. Dank deiner Hilfe habe ich genug Selbstvertrauen, um es anzupacken. Schließlich warst du es, der deine Mum und mich auf den neuesten Stand gebracht hat, wenn es um Jugendsprache geht.«

DANK MEINER HILFE!!!

Jetzt weiß ich genau, wie sich Dr. Frankenstein gefühlt hat, als seine Kreatur ausgebüxt ist und die Gegend unsicher gemacht hat.

Aber ich hatte den beiden die Begriffe doch nur zur privaten Verwendung beigebracht. Nie und nimmer hätte ich erwartet, dass sie sie in aller Öffentlichkeit benutzten, und noch weniger, dass sie vor der Schuldisco aufkreuzen und sie so laut herausposaunen würden, dass sie mehrere Galaxien weit zu hören waren.

»Es muss keine Kluft zwischen den Generationen geben, nicht wahr?«, fragte Dad.

Oh doch, muss es.

»Wenn man die richtige Einstellung hat und voll auf dem Laufenden bleibt, dann ist es, als wäre man wieder jung. Habe ich recht?«

Hast du nicht.

Dad würde nie wieder jung sein. Er hatte längst das Verfallsdatum überschritten. Da gibt es kein Zurück. Für ihn ist der Drops gelutscht.

Aber Dad schien zu denken, seine »voll fette« Ausdrucksweise wäre eine Zeitmaschine. Ein paar coole Wörter ausspucken, und schon kann man wieder mit der Jugend abhängen.

Es ist der absolute Albtraum.

Aufregende Neuigkeiten

Sonntag, 29. September
10.00 Uhr

Gleich in der Früh rief ich Maddy an. Als ich ihr von Dads gestrigem Auftritt erzählt hatte, schwieg sie.

»He, bist du noch dran?«, fragte ich.

»Ja.« Ihre Stimme klang dünn.

»Ich dachte, du hättest dich vor Schreck in nichts aufgelöst.«

»Nein, aber ich weiß nicht, was ich dazu sagen soll«, meinte sie.

»Das ist dir noch nie passiert.«

»Die Sache mit dem Namensetikett war ja schon abartig, aber die Aktion von deinem Dad … also das …«

»Das ist eine neue Dimension von abartig.«

»Genau«, sagte sie. »Hat dein Dad heute noch mal was dazu gesagt?«

»Oh, er denkt immer noch, es wäre ihm gelungen, die Kluft zwischen den Generationen zu überbrücken.«

Maddy seufzte laut.

»Und ich habe gehört, wie er Mum in der Küche erzählt hat, Alter sei nur eine Sache der Einstellung.«

»Du musst ja krank sein vor Sorge«, sagte Maddy.

»Bin ich. Das hat man nun von seiner Gutmütigkeit«, sagte ich bitter. »Ich habe mir ein Bein ausgerissen, um meinen Eltern den Jugendjargon beizubringen und ihnen damit eine Freude zu machen, die ihnen die letzten Jahre versüßt.«

»Ich glaube, du hast ihnen zu viele neue Sinnesreize zugemutet«, fügte sie an. »Halte deinen Dad ab jetzt von deiner Schule fern.«

»Wenn ich könnte, würde ich ihn unter Hausarrest stellen«, sagte ich.

»Sag dir, dass es nur eine Phase ist, die er durchmacht«, fuhr Maddy fort. »In ein paar Tagen wird er wieder so sein wie mein Dad – er wird im Gartencenter herumstöbern, neues Werkzeug kaufen und Quizsendungen schauen.«

»Klingt paradiesisch« meinte ich.

Montag, 30. September
16.00 Uhr

Ich bin über Nacht total beliebt geworden. Bin der begehrteste Junge in der Schule. Alle wollen meine Freunde sein. Ich musste sie in Teams einteilen, um die Übersicht zu behalten. Es gibt meine Montagsfreunde, meine Dienstagsfreunde …

SOLL EIN WITZ SEIN.

Aber das hast du dir schon gedacht.

Ich war kaum an der Schule angelangt, da hallte es aus allen Ecken: »Ich suche meinen Youngster« und »Dein Dad ist voll das Opfer« und »Dein Dad ist auf ’nem Horrortrip«.

Den ganzen Tag flogen mir die Schmähungen nur so um die Ohren.

Was bleibt einem anderes übrig, als es mit einem Lachen abzutun? Darum habe ich den ganzen Tag gekünstelt und schallend gelacht. Tief in mir drin aber sah es zappenduster aus. Ich kam mir vor wie ein Loser. Wie zwei Loser in einem! Es ist, als würde Dad ständig an meinen Hacken kleben. Mein Sozialleben ist voll am Arsch. Ein Glück, dass es das eigentlich immer schon war.

Als ich mich gerade auf den Heimweg machen wollte, tippte mir Julie auf den Arm. Von Hustenanfällen unterbrochen (so ist das mit Erkältungen: erst läuft die Nase, dann rasseln die Bronchien), zischte sie mir zu: »Das Beste ist, einfach so zu tun, als wäre das mit deinem Dad am Samstagabend gar nicht passiert.«

»Yo, aber werden die anderen es vergessen?«

Sie dachte lange nach und sagte schließlich: »Vielleicht in ein paar Jahren.«

18.45 Uhr

Ich hatte mich schon damit abgefunden, dass ich den Tag komplett in die Tonne kloppen konnte, als etwas Unfassbares geschah.

Mum und Dad waren zu ihrem ersten Besuch im Fitnessstudio losgezogen, und Elliot glotzte unten fern, als mein Handy klingelte.

Eine quirlige, helle Mädchenstimme meldete sich als Evie und erzählte mir, dass sie eine Fernsehsendung produzierte. »Vielleicht hast du schon davon gehört. Sie heißt *Kids mit Biss.*«

Hatte ich nicht, aber ich tat so. »Ja klar, habe ich bestimmt schon mal gesehen.«

»Sie läuft auf dem gleichen Satellitensender wie Dr. Magnus.«

»Ja, der gute alte Dr. Magnus«, sagte ich.

»Wir haben dich am Dienstag in seiner Sendung gehört«, sagte Evie. Dann fügte sie kichernd hinzu: »Was macht dein Zucken?«

»Komplett weg«, sagte ich.

Wir lachten, dann sagte sie: »Das Team von *Kids mit Biss* war sehr beeindruckt davon, wie du Witze erzählt hast. Und mein Co-Produzent hat von einem deiner Fans deine Kontaktdaten erfahren. Sie heißt Josie.«

»Jep, Josie«, sagte ich. Sie hat *Die Stars von morgen* produziert, wo ich beinahe aufgetreten wäre. »Wie geht es ihr?«

»Bestens. Nun, wir hatten dich also in der Kartei, Luis, und als wir dich bei Dr. Magnus gehört haben, dachten wir, dass du genau der Richtige für uns sein könntest.«

Ich war jetzt ganz Ohr.

Evie fuhr fort: »*Kids mit Biss* ist eine wöchentliche Talentshow mit viel mehr Power als die Vorgängerformate. Und jetzt ist es so, dass ein Kind, das nächsten Donnerstag auftreten soll, womöglich nicht kommen kann.« (Sie sagte nicht, wieso.) »Dann würde uns ein Komiker fehlen, darum hätten wir dich gerne als Ersatzmann, der notfalls einspringt. Es könnte sein, dass wir dich kurzfristig anrufen.«

»Null Problemo.«

»Du wärst also gern unser Ersatzmann?«

»Noch lieber wäre ich sicher in der Show (das brachte sie wieder zum Kichern), aber, hey, geht klar.«

»Dein Auftritt würde drei Minuten dauern.«

»Ich würde auch locker drei Stunden durchhalten.«

»Drei Minuten reichen völlig«, sagte sie bestimmt. »Ich melde mich wieder und sag dir Bescheid, falls wir dich am Donnerstag brauchen. Vielen Dank, Luis. Mach's gut.«

Liebes Tagebuch, ich darf mir keine allzu wilden Hoffnungen machen.

Der Anruf bedeutet nicht, dass ich wirklich in *Kids mit Biss* auftreten werde. Es könnte ausgehen wie beim letzten Mal, wo ich ganz knapp nicht in die Show kam. Das scheint mein Schicksal zu sein.

Und doch sind es die aufregendsten Neuigkeiten des Jahrtausends.

20.05 Uhr

Meine Eltern kamen aus dem Fitnessstudio heimgewankt und mein Dad ließ sich aufs Sofa sinken.

»Ihr hattet anscheinend eine Menge Spaß«, meinte ich grinsend.

»Nun, es war … hochinteressant«, sagte Mum nachdrücklich. »Unser Puls wurde gemessen und man hat uns Fitnesspläne erstellt und …«

»Und das ganze Studio«, unterbrach Dad sie, »ist voll von Top-Athleten – oder Leuten, die sich dafür halten. Sie stemmen dicke Gewichte und rennen wie die Irren auf den Laufbändern.«

Mum stand auf und klopfte ihm auf die Schulter. »Wir haben doch gesagt, dass wir uns von denen nicht einschüchtern lassen wollen, Schatz.«

Dad murmelte in sich hinein und machte das griesgrämigste

Gesicht seit Tagen. Ich wusste, dass ihn so schnell keine zehn Gäule wieder ins Fitnessstudio bringen würden. Ich überlegte, dass dies wohl ein ungünstiger Augenblick war, ihnen von *Kids mit Biss* zu erzählen. Ich wartete lieber, bis alles in trockenen Tüchern war.

Es gibt nur einen Menschen, dem ich die Neuigkeit gleich mitteilen werde.

21.30 Uhr

Ich lief zu Maddy rüber. Ihre Schwester Vicky öffnete. »Da ist schon wieder ein Junge, der zu meiner Schwester will«, posaunte sie durchs Haus.

Ich lachte kurz. Was redete sie da? Wieso schon wieder ein Junge?

Dann kam Maddy aus dem Esszimmer, wo sie oft ihre Hausaufgaben macht. »Oh, hi Luis«, zischte sie. »Was für eine Überraschung.«

»Warum redest du so leise?«

»Im Esszimmer schreibt jemand ein Gedicht.«

»Jemand, den ich kenne?«

Maddy lächelte nervös. »Edgar.«

»Und wieso schreibt Edgar im Esszimmer ein Gedicht?«

Maddy zuckte die Schultern. »Er sagte, dass er einen Ort braucht, an dem er seine Ruhe hat.«

In dem Moment ging die Esszimmertür auf und ein schmächtiger Kerl erschien. Er trug ein Hemd, das aussah, als hätte er es von seinem Großvater geliehen. Auch seine Hose war von anno dunnemals. Obendrein roch er wie mit Kernseife geschrubbt und blitzte vor Sauberkeit. Das Hemd hatte er ordentlich in die

Hose gesteckt, nur seine schwarzen Locken waren zerzaust, als hätte er sie absichtlich verstrubbelt, um interessant und künstlerisch auszusehen, was voll danebengegangen war.

»Entschuldige, falls wir dich gestört haben«, hauchte Maddy.

Warum behandelte sie ihn wie einen kleinen Kaiser?

»Edgar, das ist Luis.«

Edgar senkte den Kopf und stierte mich durch seine Locken hindurch an. »Du bist also dieser Luis.«

»Als ich das letzte Mal in den Spiegel geschaut habe, war ich es noch.«

Er glotzte Maddy an. »Das Gedicht ist fertig. Es floss nur so aus mir heraus.«

»Wovon handelt es?«, fragte ich.

»Von einer Glühbirne«, sagte er.

»Also ein wirklich erleuchtetes Gedicht«, witzelte ich.

Edgar hob beide Augenbrauen.

Dann schaute Maddy mich aufgeregt an. »Etwas ist passiert. Du hast Neuigkeiten.«

Sie liest in mir wie in einem offenen Buch. Ich erzählte ihr alles über den Anruf. Sie strahlte noch heller als hundert Glühbirnen.

»Oh, Luis, das könnte dein Durchbruch werden.«

»Ich weiß.«

»Du musst deine Witze üben, wieder und wieder.«

»Weiß ich auch« sagte ich.

»Und erzähl unbedingt nur die witzigsten davon.«

Ich grinste. »Ich tue alles, was meine Agentin sagt.«

»So muss es sein«, pflichtete Maddy mir bei.

»*Kids mit Biss.*« Edgar sagte es so gedehnt, als würde er es sich auf der Zunge zergehen lassen. »Nein, dieser Titel ist nicht mein Fall, er klingt schrecklich bemüht.«

»Dann lassen wir ihn dir zuliebe ändern«, knurrte ich wütend.

»Diesen Titel hat sich bestimmt ein Erwachsener ausgedacht. Darum wirkt er gekünstelt«, meinte Edgar. »Ich sehe zwar nicht mehr fern, aber du kannst mir sagen, wenn deine Sendung läuft, vielleicht mache ich für dich eine Ausnahme.«

»Na klar, ich schick dir eine persönliche Einladung«, sagte ich.

Edgar hob erneut die Augenbrauen, bevor er verkündete: »Ich muss mich nun entschuldigen. Ich lustwandle gern ein wenig, nehme die Herbstdüfte in mich auf und lasse mir die Werke von Keats durch den Kopf gehen.« An mich gewandt fragte er: »Du kennst doch Keats, oder?«

»Spielt er in der Bundesliga?« Ich grinste. Natürlich kannte ich Keats.

Aber Edgar seufzte. »Ich finde es zutiefst bedauerlich, wie wenig Interesse junge Leute an den großen Dichtern und Denkern zeigen.« Er redete wie ein neunzigjähriger Gelehrter. Dann verbeugte er sich so tief, als würde er an einem Duell teilnehmen, drehte sich um und ging.

»Der Typ ist ja schrecklich«, rief ich. »Wie hältst du den nur aus?«

Maddy schmunzelte bloß.

»In der Schule ist er bestimmt sehr beliebt«, fuhr ich fort.

»Er wird privat unterrichtet, weil er mit den Klassenkameraden nicht so recht klarkommt.«

»Ach nee, wer hätte das gedacht?«, sagte ich. »Aber nun die

wichtigste Frage: Hat er einen Schalter, mit dem man ihn abstellen kann?«

Maddy meinte lächelnd: »Wenn man ihn näher kennt, ist er gar kein schlechter Kerl.«

»Ich glaube dir aufs Wort. Weißt du, was dein Problem ist, Maddy? Du bist zu großherzig.«

Sie erwiderte schroff: »Das reicht jetzt, erzähl mir lieber deine Witze.«

Dienstag, 1. Oktober
21.00 Uhr

Die Leute von *Kids mit Biss* haben sich noch nicht gemeldet. Ich fragte Maddy, ob ich Evie anrufen sollte, für den Fall, dass sie meine Nummer verloren hatte. Maddy erwiderte: »Kommt überhaupt nicht infrage, das wirkt viel zu verzweifelt.«

Aber ich bin verzweifelt. Darum lege ich beim Schlafen das Handy unters Kissen. Ich weiß, dass Fernsehleute auch nachts arbeiten. Ich will diesen Anruf auf keinen Fall verpassen.

Mittwoch, 2. Oktober
18.45 Uhr

Gerade haben die Macher von *Kids mit Biss* angerufen.

Großartige Neuigkeiten.

Ich trete morgen in der Show auf.

Ich versuchte, mir meine Aufregung nicht anmerken zu lassen und völlig cool rüberzukommen, aber Evie ließ sich nichts vormachen. Ich glaube, sie wollte mich beruhigen, als sie sagte: »Du weiß sicher, dass es jede Woche einen Gewinner und einen Zweitplatzierten gibt, die von den Zuschauern im Studio gewählt werden. Am Ende nehmen alle Gewinner am großen Finale teil, an dem auch ein von uns ausgewählter Zweitplatzierter mitmachen darf. Aber ich muss dich warnen, Luis, diese Talentshow ist völlig anders als alle, die du vielleicht kennst. Das Publikum besteht nur aus Teenagern.«

»Toll«, sagte ich.

»Ja.« Evie klang skeptisch. »Jeder bekommt eine Tröte.«

»Und statt zu klatschen, tröten sie«, mutmaßte ich.

»Nicht direkt.« Evie hüstelte unruhig. »Sie tröten, wenn ihnen etwas nicht gefällt. Ab einem bestimmten Lärmpegel …«

»Muss der Künstler aufhören.«

»Richtig. Er wird von der Bühne geführt.«

Es lief mir eiskalt den Rücken hinunter.

»Aber das macht dir bestimmt nichts aus«, sagte Evie.

»I wo«, antwortete ich. »Mit ein paar Tröten werde ich spielend fertig. Immer nur her mit den Dingern!«

»Dein Selbstvertrauen gefällt mir«, sagte Evie. Dann ging sie mit mir den morgigen Ablauf durch. Um halb fünf muss ich bereitstehen, denn dann wird mich ein Wagen abholen.

»Hoffentlich ist es ein Sportwagen«, sagte ich. »Ich fahre keine anderen Autos – kleiner Scherz«, fügte ich hinzu, als Evie nicht sofort lachte. Sie erklärte mir im Eiltempo, wie es danach weitergehen würde, und ich hätte genau zuhören sollen, aber in meinem Kopf summte es. Am Ende sagte Evie: »Und von deinen Eltern muss natürlich auch einer mitkommen.«

»Na klar, ist doch logisch«, erwiderte ich. Ich hatte Mum und Dad noch nichts von *Kids mit Biss* erzählt, aber sie würden bestimmt stolz und aufgeregt sein und sich zanken, wer von ihnen mich begleiten darf.

Ist also überhaupt kein Problem.

Aber jetzt geh ich erst mal zu Maddy, erzähle ihr alles und probe mit ihr ein letztes Mal meinen Auftritt.

19.15 Uhr

Ich konnte es nicht fassen. Er war schon wieder da. Edgar. Ich merkte es sofort, denn Maddy begrüßte mich auch diesmal flüsternd vor der Esszimmertür.

»Er schreibt wohl wieder ein Gedicht. Wovon handelt es diesmal? Von einer Steckdose? Oder wagt er sich gar an den Wäscheschrank?«

Maddy senkte die Stimme noch ein Stück. »Edgar fühlt sich gerade, als wäre er in einen tiefen Brunnen der Einsamkeit gestürzt. Niemand kann seine Stimme hören – außer mir.« Sie konnte nicht verbergen, dass sie sich davon geehrt fühlte. Und ich – also ganz ehrlich –, ich war von Maddy total enttäuscht. Wie konnte sie diesen Bockmist glauben? Für mich war völlig klar, dass er ein aufgeblasener Wichtigtuer war. Wieso merkte Maddy davon nichts?

»Möchtest du reingehen und Hallo sagen?«, fuhr sie fort.

»Besser nicht. Ich habe gerade gegessen.«

Dann sah sie mich an. »Haben die Leute von *Kids mit Biss* angerufen?«

»Na klar.«

»Und was haben sie gesagt?«

»Ich wäre nicht hergekommen, um dir zu berichten, dass sie mir abgesagt haben.«

»Nein, nein«, rief Maddy hastig. »Aber du hast vorhin so wütend ausgeschaut.«

Das hatte damit zu tun, dass Edgar sich hier breitmachte, aber ich sagte: »Ach was, so sehe ich aus, wenn ich überglücklich bin. Echt jetzt.«

»Das ist ja hammermäßig«, kreischte sie. Leider verdarb sie alles, indem sie sofort hinzufügte: »Tut mir leid, Edgar.«

Um ihn nicht weiter zu stören, huschten wir nach oben in Maddys Zimmer, wo ich meine Nummer dreimal durchspielte. Dabei wurden wir ständig unterbrochen. Erst von Maddys Mutter, dann von ihren Schwestern. Aber alle versprachen, die Sendung morgen Abend aufmerksam zu verfolgen.

Als ich Maddy fragte, ob sie mich zur Show begleiten wollte, sagte sie: »Das würde ich um nichts in der Welt verpassen wollen.«

»Ich weiß noch nicht, ob meine Mum oder mein Dad mitkommen«, sagte ich. »Mein Dad würde womöglich versuchen, sich auch auf die Bühne zu stellen – als uraltes *Kid mit Biss.*«

Maddy lachte.

»Das sollte kein Witz sein«, sagte ich.

20.00 Uhr

Das hätte ich nie erwartet.

Meine Eltern haben gerade meine Zukunft zerstört.

Mein cooler Dad

Mittwoch, 2. Oktober Fortsetzung
20.25 Uhr

Als ich heimkam, war Elliot schon im Bett und Mum und Dad schauten fern, also sagte ich: »Stellt euch vor, jemand, der gerade noch hier im Wohnzimmer ist, wird morgen Abend in eurem Fernseher erscheinen.« Dann erzählte ich ihnen von Evies Anruf und fragte am Ende: »Welcher von euch ist der Glückliche, der mich begleiten wird? Werdet ihr es auslosen oder ein Armdrücken veranstalten?«

Mum sagte sehr ruhig: »Das sind natürlich interessante Neuigkeiten, Luis.« Sie stand auf. »Dein Vater und ich werden uns darüber in Ruhe unterhalten.« Auch Dad kam auf die Füße.

Ich rief ihnen nach: »Ihr braucht euch noch keine Gedanken zu machen, was ihr mir zum Sieg schenken wollt. Wartet einfach, bis es so weit ist.«

»Es wird nicht lange dauern«, sagte Mum. Kurz darauf kamen sie aus der Küche zurück und lächelten. Ein gutes Zeichen, dachte ich.

Mum sagte vergnügt: »Durch den Schulwechsel ist in deinem Leben einiges drunter und drüber gegangen. Das war bestimmt nicht leicht für dich, aber du meisterst das ganz prima. Wir sind total begeistert, wie gut du den Geschichtstest bestanden hast. Aber jetzt möchten wir keine Störungen mehr. Wir haben ein ganz schlechtes Gefühl, was diese Sache mit der Fernsehsendung anbelangt, von der wir noch nie gehört haben und in die man dich angeblich in letzter Sekunde eingeladen hat.«

»Die Sendung gibt es noch nicht lange, darum kennt ihr sie nicht«, unterbrach ich sie.

»Auf jeden Fall kommt das zum völlig falschen Zeitpunkt und wir erlauben dir nicht mitzumachen«, sagte Mum.

»Zur Belohnung, weil ich den Test gut bestanden habe, darf ich jetzt nicht zu *Kids mit Biss* gehen?«, rief ich entsetzt.

»Nein, so haben wir das nicht gemeint«, erwiderte Mum. Sie versuchte noch mal, es mir zu erklären, wobei Dad sich nicht einmischte. Er saß nur nickend daneben, wie ein Wackeldackel auf der Hutablage eines Autos.

»Aber das ist meine große Chance«, sagte ich.

»Es wird noch viele weitere Chancen geben«, sagte Mum leichthin.

»Woher wollt ihr das wissen?«, rief ich. »Und überhaupt, wenn ich morgen nicht in *Kids mit Biss* auftrete, dann gerät die ganze Sendung aus den Fugen. Sie brauchen einen Komiker.«

Mum ging nicht darauf ein. »Ich bin sicher, wir haben die beste Entscheidung getroffen. Eines Tages wirst du uns dafür dankbar sein.«

Mit nichts können Eltern einen so auf die Palme bringen wie mit diesem überheblichen Satz. Ich wurde fuchsteufelswild und fuhr sie an: »Du bist nicht die Einzige in der Familie, die in die Zukunft sehen kann. Niemals werde ich euch für eure Entscheidung dankbar sein. Es ist eher so, dass ich sie euch niemals verzeihen werde.« Dann stürmte ich aus der Küche.

21.05 Uhr

Nachdem Dad am Samstagabend mein Sozialleben komplett ruiniert hat, berauben er und Mum mich nun auch noch der größten Chance, die ich je hatte.

Wieso kapieren sie nicht, was für eine tolle Chance das für mich ist? Dieses ganze Geschwätz, dass mein Auftritt alles durcheinanderbringen würde. Ist ihnen nicht klar, dass ich genau das will? Ich kann es gar nicht erwarten, dass mein Leben auf den Kopf gestellt wird. Was mache ich jetzt nur?

Mit Mum zu diskutieren, wäre zwecklos. Sie hatte einen wild entschlossenen Gesichtsausdruck. Wie steht's mit Dad? Er hält meist zu Mum, wenn es um solche Entscheidungen geht. Er würde sich nicht gegen sie stellen.

He, gerade ist mir was eingefallen. Ich müsste es sehr schlau anstellen und ziemlich dreist lügen. Aber es könnte klappen.

Es muss einfach klappen!

21.40 Uhr

Habe soeben meinen Plan gestartet. Zuerst musste ich es einrichten, Dad unter vier Augen zu sprechen. Also wartete ich, bis er sich in der Küche eine Kanne Tee machte, und latschte hinein.

Dad sah auf. »Hast du dich wieder eingekriegt?«

»Na klar«, log ich.

»Du bist doch nicht allzu enttäuscht, oder?«

»Nö«, log ich erneut.

»Das klappt bestimmt ein anderes Mal. Wir sind also noch Homies, ja?«

»Aber so was von! Könnte nicht besser laufen mit uns«, sagte ich und machte einen auf Strahlemann und Söhne. »Ich muss mich sowieso anstrengen, um an der Schule mit meinem coolen Dad mithalten zu können.«

Dad baute sich vor mir auf. »Wie meinst du das?«

»Die Jungs an der Schule reden nur noch von dir.« Das stimmte sogar. »Sie sagen, es wäre total klasse, wie locker du mit uns am Schultor abhängen kannst.«

Das war natürlich komplett erstunken und erlogen. Aber Dad glaubte mir sofort und fing an wie ein hyperaktiver Siebenjähriger in der Küche herumzuhopsen. »Ich dachte mir schon, dass es gut gelaufen ist, aber ich hätte nie vermutet, dass sie mich jetzt für cool halten. Wow, das ist voll schmeichelhaft.«

»Ich habe ihnen auch erzählt, dass du bei den *Dandy Rebels* gespielt hast.«

Dad war ganz aufgeregt. »Dann musst du ihnen unbedingt auch erzählen, was das für eine Band war. Neue Romantik – die absolute Gegenbewegung zum düsteren, ernsten Punk. Wir erstrahlten in den wildesten Farben.«

Ich ertrug Dads Begeisterungsausbruch eine Weile, bevor ich ihn unterbrach. »Ich wette, wenn es *Kids mit Biss* damals schon gegeben hätte, hätten die *Dandy Rebels* gewonnen.«

»Hey, das hätten sie vielleicht wirklich. Damals hatten wir eine Menge Fans und sind auf Schulfeten im ganzen Land aufgetreten.«

»Die Chance, in so einer neuen Show aufzutreten, hättet ihr euch bestimmt nicht nehmen lassen.«

»Niemals, denn solche Chancen bieten sich einem nicht oft.« Dad hörte auf herumzulaufen und blieb reglos stehen. »Ich bin dir voll in die Falle getappt, was?«

»Aber Dad, du hast selbst gesagt, dass sich einem solche Chancen nicht oft bieten. Deine Band hat nie so eine Chance erhalten. Du kannst mir meine doch nicht verderben.«

Dad runzelte die Stirn. »Okay, Luis, überlass das mir. Versprechen kann ich natürlich nichts.«

21.50 Uhr

Jetzt kommt der schwere Teil: abwarten, ob mein raffinierter Plan funktioniert.

22.15 Uhr

Als ich aus dem Badezimmer kam, sprang Dad die Treppe hoch.

»Muss dich kurz sprechen«, sagte er und stolzierte mit verschwörerischem Lächeln in mein Zimmer. Er war mächtig aufgedreht, aber brachte er gute Neuigkeiten?

»Tu mir einen Gefallen«, sagte er, »und sei morgen Abend extrem witzig, denn du wirst so was von im Fernsehen sein!«

»Hey Dad«, fing ich an, aber er ließ sich nicht unterbrechen.

»Ich kann dir sagen, es war Schwerstarbeit, deine Mutter zu überzeugen. Du musst versprechen, dass deine schulischen Leistungen nicht darunter leiden werden. Wir möchten noch viel mehr gute Noten von dir sehen, Luis.«

»Sicher, sicher.« Ich hätte in diesem Moment jeder Bedingung zugestimmt.

»Wir wissen nun mal beide, wie selten solche Gelegenheiten sind.« (Er sah wehmütig drein. Bestimmt dachte er wieder an seine Band.) »Nutze die, die sich dir bietet. Noch eine gute Nachricht: Ich komme morgen Abend mit.«

»Großartig. Aber wir müssen um halb fünf los.«

»Ich habe in letzter Zeit so viele Überstunden gemacht, dass ich mir erlauben kann, mal früher zu gehen.«

»Und Maddy möchte auch dabei sein.«

»Abgefahren!«, rief Dad.

Ich zuckte zusammen. Es verstößt gegen die Naturgesetze, wenn Erwachsene »abgefahren« sagen. Aber ich muss zugeben, dass Dad ins Schwarze getroffen hatte und sogar das Daumenhoch-Zeichen prima hinbekam. Ich bin ein guter Lehrer.

22.30 Uhr

Ich war überglücklich, wie alles gelaufen war, bis ich Maddy anrief.

»Du hast deinem Dad erzählt, dass alle ihn cool finden«, sagte sie betont langsam.

»Mir blieb keine andere Wahl. Mit Speck fängt man Mäuse.«

»Ich weiß«, sagte Maddy, »aber ich wünschte, du hättest es bleiben lassen.«

»Warum?«, wollte ich wissen.

»Weil du ihn ermutigt hast. Jetzt denkt er wirklich, er wäre auf unserem Level. Solche Eltern können einen in den Wahnsinn treiben.«

»Das schafft mein Dad nie.«

»Du wirst schon sehen«, sagte Maddy, »du wirst schon sehen.«

Kids mit Biss

Donnerstag, 3. Oktober
5.30 Uhr

Bin schon seit Stunden wach. Viel zu aufgeregt zum Schlafen. Meine Tage als ungekrönter Comedy-König sind vielleicht bald vorbei.

8.00 Uhr

Elliot hat erfahren, dass ich heute Abend in *Kids mit Biss* auftrete. »Du gewinnst bestimmt nicht«, sagte er, »denn deine Witze sind nicht komisch genug.«

»Na, herzlichen Dank auch.«

»Aber ich kenne einen Witz«, fuhr er fort, »der wirklich richtig lustig ist.«

»Lass hören«, bat ich.

»Mit dem würdest du garantiert gewinnen.«

»Na los, raus damit«, sagte ich mit widerstrebender Neugier.

Dad, der schon fast aus dem Haus war, rief: »Wir sind ein Team, also erzähl Luis deinen Witz, Elliot.«

Aber Elliot polterte die Treppe hoch und schimpfte: »Nö, er klaut mir immer Sachen aus dem Zimmer – und er stinkt.«

»Ich pfeif auf deinen Witz, du Zwerg. Wahrscheinlich ist er sowieso grottenschlecht«, murmelte ich.

Aber ich hätte ihn doch gern gehört.

13.00 Uhr

Meine Wenigkeit ist in der Schule immer noch auf Rang eins der Mofs.

Alle nervten mich mit Endloswiederholungen von »Mein Youngster« und anderen Sachen, die mein Dad gesagt hatte. Die wenigen, die mit mir redeten, hatten noch nie etwas von *Kids mit Biss* gehört und sagten, die Sendung sei bestimmt Müll. Nur Holly versprach, dass sie sie anschauen würde, und Julie wünschte mir zwischen zwei Niesern Hals- und Beinbruch.

17.10 Uhr

Mum hat Sandwiches für die Fahrt gemacht und Dad ist wie versprochen früh von der Arbeit gekommen.

»Ich habe mir extra für diesen Anlass ein neues Hemd gekauft«, verkündete er.

»Prima«, sagte Mum sofort.

»Ich gehe es schnell anziehen. Es ist ein richtig wildes Teil.«

Das beunruhigte mich augenblicklich. Ein Mann im Alter meines Vaters sollte nichts anziehen, das irgendwie krass ist. Aber was Dad dann vorführte, übertraf meine schlimmsten Erwartungen.

Ich habe noch nie so ein schrillgelbes, abartig psychedelisch kreischendes Hemd gesehen. Es war so verstörend, dass ich den Blick nicht abwenden konnte. Auch Mum starrte es mit offenem Mund verdattert an.

Dad war wegen unserer verblüfften Reaktionen total aus dem Häuschen. »Ihr dachtet bestimmt, ich würde mir etwas Unbuntes, Altmodisches kaufen.« Er grinste Mum an. »Ich habe immer schon grelle Hemden geliebt, weißt du noch?«

»Sicher«, sagte Mum, »die waren quasi dein Markenzeichen.«

»Ich habe das im Schaufenster gesehen«, sagte Dad, »und es hat mich sofort angesprochen.«

»Eher angeschrien«, murmelte ich, dann bat ich Mum: »Frag ihn …«

»Was soll ich ihn fragen?«

»Frag ihn, ob er den Kassenbon behalten hat, denn dieses Hemd könnte er niemals woanders tragen als im Haus, oder? Mach schon, Mum. Ich habe dein Gesicht genau gesehen, als er damit reinkam.«

»Zugegeben, im ersten Moment bin ich erschrocken«, gestand sie. »Aber man wird viel zu schnell langweilig und geht modisch keine Risiken mehr ein. Also, ich liebe es.«

»Niemals«, sagte ich.

Sie lächelte. »Ich finde es abgefahren.«

Dad kicherte entzückt.

Dann kam Maddy. Ich zischte ihr an der Tür zu: »Hast du deine Sonnenbrille dabei?«

»Wieso?«, fragte sie.

»Du wirst sie brauchen, wenn du dem Kopfweh auf zwei Beinen begegnest.«

Ein paar Sekunden später rauschte Dad an uns vorbei. »Yo Maddy, alles tutti für einen übelst geilen Abend?«, rief er.

Nachdem er weg war, sagte Maddy in einem fort »Ich hab's dir gesagt«, bis sie kaum noch Luft bekam.

Dann erschien Elliot.

»Also, was ist nun mit deinem tollen Witz?«, fragte ich ihn.

»Wirst du schon noch herausfinden«, sagte Elliot.

»Wie denn?«, fragte ich.

Aber Elliot lachte nur.

18.10 Uhr

Jetzt habe ich's herausgefunden.

Wir wurden ins Studio gefahren – Maddy und ich hockten auf dem Rücksitz, Dad hatte sich vorn breitgemacht. Mum hatte die Sandwiches für uns ordentlich in Folie eingewickelt. Für mich sogar meine Lieblingssorte, mit Schinken und Käse. Ich nahm einen großen Bissen und fing so entsetzlich zu husten an, dass der Fahrer rechts ranfahren musste.

Ich konnte nichts sagen, sondern nur aus dem Auto springen und würgen wie ein Irrer. Endlich gelang es mir, das auszuspucken, woran ich beinahe erstickt wäre – Elliots Witz, oder vielmehr die feuchten Reste davon.

Elliot hatte den Witz aufgeschrieben und gedacht, dass es tierisch komisch wäre, eins meiner Sandwiches mit dem Zettel zu belegen. Ich trank Unmengen Wasser und förderte weitere Fetzen von Elliots Witz zutage.

Den Witz kenne ich immer noch nicht.

Aber mir ist ein anderer eingefallen: »Kommt eine Frau zum Arzt. ›Herr Doktor, ich habe mich an einem Geldschein verschluckt. Als ich ihn ausspucken wollte, waren es lauter Münzen.‹ Sagt der Arzt: ›Klarer Fall. Sie sind in den Wechseljahren.‹«

18.45 Uhr

Wir sind im Studio angekommen und sitzen im Warteraum. Dad trägt ein Jackett, so kann niemand beim Anblick seines Hemds erblinden. Aber er trägt auch die Sportschuhe mit offenen Schuhbändeln und heraushängender Lasche und sagt zu jedem, der hereinkommt: »Yo.« Wundert mich nicht, dass sich niemand neben ihn setzt.

Als sich eine Frau und ihre Tochter neben Maddy setzen wollten, nieste sie zweimal. Sofort sprang die Mutter wieder auf und fragte: »Du bist doch nicht etwa erkältet? Meine Cora reagiert auf Keime sehr empfindlich.«

»Nein, ich bin nicht erkältet, ehrlich nicht«, sagte Maddy.

Die Frau blickte Maddy misstrauisch an.

»Wenn Blicke töten könnten«, flüsterte ich.

Der Junge, der uns gegenübersaß, hatte mitgehört und grinste. Ich grinste zurück.

»Hi, ich bin Luis, ich erzähle Witze.«

»Ich bin Ben«, erwiderte der Junge. »Und ich mache so gut wie nichts.«

»Klingt nach einer Top-Performance«, meinte ich.

»Es ist eine Zweiernummer, aber Benny ist gerade nicht da.«

»Und wo ist er?«, fragte ich.

Ben drehte sich zu dem Mann um, der neben ihm saß. Er war winzig und sah mit seinem hellroten Gesicht wie eine reife Tomate aus. »Wo ist Benny gerade, Dad?«, fragte er.

»Er ruht sich aus«, sagte der Tomatenmann. Mehr verriet er nicht.

Dann erschien ein Mädchen mit orangefarbenen Haaren und passender Brille.

»Noch mehr Konkurrenz«, murmelte Dad.

Doch das Mädchen klatschte in die Hände. »Hallo zusammen, ich bin Evie, die Produzentin von *Kids mit Biss.*«

»Und ich dachte wirklich, sie wäre eine Teilnehmerin«, rief Dad für alle hörbar. »Erstaunlich.«

»Schön, dass alle fünfzehn Teilnehmer hier sind«, fuhr Evie fort.

Fünfzehn! Ich stöhnte innerlich auf. Das war eine Menge Konkurrenz, die es zu schlagen galt. Es könnte verdammt hart werden.

»Und jetzt«, sagte Evie, »werde ich euch jemanden vorstellen, dem ihr später hoffentlich nicht mehr begegnen werdet.«

Ein Junge kam hereinspaziert, der aussah, als wäre er einem Kinderlied entsprungen. Er trug eine Art Uniform, in der er wie der König vom Spielzeugland aussah, und hatte eine riesige Trompete dabei.

»Wie ihr wisst«, sagte Evie, »hat jeder Zuschauer eine Tröte, in die er blasen darf, wenn er eine Nummer langweilig findet. Sie sind unsere Minitröter. Aber wenn eine bestimmte Lautstärke überschritten wird, dann kommt unser Meistertröter auf die Bühne und bläst diesen Ton. Hören wir ihn uns mal an.«

Der Meistertröter blies einen sehr tiefen, düsteren Ton, der mich an einen tieftraurigen Elefanten erinnerte.

»Wenn ihr das hört, müsst ihr augenblicklich aufhören«, sagte Evie.

»Aber wenn euch die Zuschauer eure dreiminütige Nummer bis zum Ende durchspielen lassen, dann dürft ihr am Ende der Sendung wieder auf die Bühne und die Zuschauer wählen einen Sieger. Der Preis ist ein Familien-Wochenende in Paris.

Der Zweitplatzierte gewinnt ein Wochenende in Brighton. Der Gewinner tritt automatisch im großen Finale auf. Der Zweitplatzierte hat ebenfalls die Chance, dabei zu sein. Und nun zur Reihenfolge eurer Auftritte. Ich habe eure Namen in dieser Tasche und ziehe sie jetzt, als wäre es eine Tombola. Schauen wir mal, wer die Show eröffnet. Als Erster tritt auf …«

Wir wurden alle ganz aufgeregt, und jeder hoffte, dass er nicht als Erster gezogen würde. Es ist immer besser, wenn man erst ein oder zwei andere Nummern sieht, bevor man selbst dran ist. Außerdem gewinnt selten der, der als Erster auf die Bühne geht. Das ist wissenschaftlich erwiesen. Und dann hörte ich meinen Namen.

»Oh nein«, keuchte Maddy. Allerdings! Aber sie flüsterte hastig: »Schon okay, du wirst es prima machen.« Dann berührte Dad mich kurz an der Schulter. Er und Maddy lächelten mich so tapfer an, dass ich mich grässlich fühlte.

»Ich hoffe, dass du nicht allzu schockiert bist«, sagte Evie zu mir.

»Kein bisschen«, behauptete ich. »Ich bin nur froh, dass es nur ein Testlauf war. Jetzt können Sie den richtigen ersten Namen ziehen.«

Alle lachten und Evie sagte: »Deine Fans werden in der ersten Reihe sitzen und dich anfeuern. Du kannst dich jetzt von ihnen verabschieden.«

»Du wirst großartig sein, das weiß ich«, sagte Maddy.

Dann hielt mir Dad seine Fäuste hin, und ich stieß meine beiden dagegen, während alle zusahen. Als Dad »Respekt« rief, kicherten einige. Anschließend wurde ich von dem Meistertrompeter weggeführt, während Evie die nächsten Namen zog.

Eine vergnügt dreinschauende Frau tupfte mir etwas Puder ins Gesicht und sagte: »Das reicht, du bist auch ohne Make-up schön genug, Herzchen.« Ich war sicher, dass sie das zu jedem sagte, aber es tat trotzdem gut.

Ich war gar nicht so schlimm aufgeregt. Klar, ich hatte eine blöde Startposition erwischt, aber ich bekam die Gelegenheit, das zu tun, was ich mehr liebe als alles andere auf der Welt – Witze erzählen. Und diesmal sogar im Fernsehen vor Zuschauern. Wie viele waren das wohl bei *Kids mit Biss*? Bestimmt einige Tausend.

Evie erschien wieder und führte mich an den Rand der Bühne. Ich sah mich schnell um. Das Studio war größer, als ich erwartet hatte, etwa viermal so groß wie unsere Schulaula. Ganz vorne saßen Dad und Maddy und andere Leute aus dem Warteraum, auch Cora und ihre Mum, die sich so weit wie möglich von Maddy weggesetzt hatten. Die anderen Reihen jedoch waren voller junger Leute, so um die dreizehn bis vierzehn Jahre alt. Die meisten davon bliesen bereits in ihre Tröten, und die anderen johlten Sachen, die ich nicht verstehen konnte. Alles andere als ein wohlwollendes Publikum.

Evie fing meinen Blick auf und sagte: »Das sind wirklich Kids mit Biss, was?«

Bis jetzt hatte ich gedacht, dass der Name der Sendung sich auf die Teilnehmer bezog, aber nun wurde mir klar, dass damit das Publikum gemeint war.

Evie sagte: »Wir wollten mal was anderes machen als diese weich gespülten Castingshows. Darum haben wir als Schlüsselelement dieses aufgekratzte, schwer zu beeindruckende Publikum. Tja, und gleich geht es los. Warte hier.«

Also warte ich.

Wie fühle ich mich? Als würde man mich gleich in eine Grube mit Klapperschlangen werfen. Da ist es kein Wunder, dass meine Beine zu Wackelpudding werden.

Oh, ich glaube, es geht los. Wenn ich erst mal auf der Bühne stehe, wird es mir besser gehen.

Oder?

Etwas Unmögliches geschieht

Donnerstag, 3. Oktober Fortsetzung
19.45 Uhr

Von wegen besser.

Diese blöden Tröten! Alle bliesen darauf herum, noch bevor ich überhaupt auf die Bühne gekommen war. Ich wäre am liebsten davongerannt.

Anstatt cool und lässig auf die Bühne zu schlendern, wackelte ich wie ein torkelnder Dreijähriger vorwärts. Und als ich nach dem Mikrofon griff, rutschte ich aus und konnte gerade noch verhindern, dass ich auf die Schnauze fiel.

Könnt ihr euch vorstellen, wie entsetzlich das gewesen wäre? Ein Bauchplatscher auf der Bühne!

Zitternd wie Espenlaub zerrte ich das Mikro aus dem Ständer und fing an, meinen ersten Witz zu erzählen. Allerdings hatte ich nie zuvor ein Mikro benutzt. Ich dachte, wenn man reinspricht, wird das sofort übertragen. Also plapperte ich drauflos, ohne zu merken, dass mich niemand hörte. Schließlich rief jemand: »Jetzt schalt das Ding doch an!«

»Hey, toller Vorschlag«, sagte ich, »du darfst nächstes Mal wiederkommen.« Ich fummelte an dem Ding herum, aber ich fand keinen Schalter. Was war nur mit mir los? Ich benahm mich wie ein Vollidiot.

Nach einer halben Ewigkeit sprang Evie auf die Bühne und brauchte nur eine Millisekunde, um das Ding anzustellen. Sie flüsterte mir zu: »Wir starten die Zeit erst jetzt.« Ins Publikum, das reichlich von den Tröten Gebrauch machte, rief sie: »Gebt dem Jungen eine faire Chance!«

Ich sparte mir die Mühe, die Zuschauer zu begrüßen, sondern stieg gleich mit dem ersten Witz ein.

»Was ist schwarz und weiß und isst wie ein Zebra?« Moment Mal, das war falsch, das war völlig daneben! Ich hatte die Antwort schon verraten. Was war nur mit mir los? »Ich meinte«, rief ich ins Mikro, das ich wie eine Bombe hielt, die jeden Augenblick explodieren könnte, »was ist schwarz und weiß und isst wie ein Pferd? Ein Zebra!«

In der ersten Reihe kamen zwei Leute fast um vor Lachen – nämlich Maddy und mein Dad. Die anderen hörten mir nicht mal zu. Sie waren viel zu sehr damit beschäftigt, in ihre Tröten zu pusten. Aus dem Augenwinkel konnte ich den Meistertröter sehen. Er machte sich bereit, auf die Bühne zu marschieren und mich abzuführen.

Heute Abend war das absolut Unmögliche geschehen. Ich hatte einen Witz vergeigt. Nie zuvor in meinem Leben hatte ich mich so geschämt.

Meine große Chance – sie würde vorbei sein, bevor sie richtig angefangen hatte. Ob ich je eine zweite Chance bekommen würde? Verdiente ich denn überhaupt eine?

Ich erwog eine Sekunde lang, einfach aufzugeben, aber dann dachte ich an Dad und Maddy, die sich über meinen grottenschlechten Witz kringelig lachten. Das nenne ich Treue! Davon angefeuert, schrie ich plötzlich einen Witz ins Mikro, den ich gar nicht einstudiert hatte. Es war der, den ich mir ausgedacht hatte, nachdem ich fast an Elliots Gagsandwich erstickt war.

»Kommt eine Frau zum Arzt. ›Herr Doktor, ich habe mich an einem Geldschein verschluckt.‹« Ich stotterte ins Mikro, aber ich schaffte es immerhin, den Witz nicht zu versauen. Es gab ein paar Lacher, diesmal nicht nur von Maddy und Dad. Es wurde immer noch getrötet, aber das Gelächter gab mir den so dringend benötigten Schub Selbstvertrauen.

Ich riss einen Witz nach dem anderen, lautstark und ohne dazwischen Luft zu holen. Ich war eine Einmann-Witzmaschine. Allmählich begann das Gelächter die Tröten zu übertönen, während der Meistertröter sich hinter die Bühne zurückzog. Bald hallte das Lachen im ganzen Saal wider. Ich kann euch sagen, in dem Augenblick hätte ich mit niemandem tauschen wollen, nicht mal mit einem Millionär.

Und dann war es plötzlich vorbei – meine Zeit war um. Die Zuschauer jubelten mir begeistert zu, einige standen sogar auf. Ich war so damit beschäftigt, mich zu verbeugen, dass ich gar nicht mitbekam, wie Evie lächelnd hinter mich trat. Ich knallte voll in sie rein. Aber die Zuschauer lachten einfach weiter. Sie hielten mich vielleicht für einen Trottel, der ein Mikro nicht anbekam, aber nach dem holprigen Start hatten sie beschlossen, mich witzig zu finden.

Ich setzte mich zu Maddy und Dad in die erste Reihe, von wo aus ich den anderen Teilnehmern zusehen konnte.

»Du warst großartig«, raunte Maddy mir zu.

»Der Anfang ging voll daneben«, sagte ich.

»Als Erster aufzutreten, ist immer verteufelt schwer«, sagte Dad.

»Und du hast es in den Griff bekommen«, sagte Maddy. »Am Ende war es so, als würdest du den Zuschauern deine Lieblingswitze erzählen und dabei selbst eine Menge Spaß haben.«

»Den hatte ich.«

»Das war ein schwer zu knackendes Publikum«, sagte Dad.

20.25 Uhr

Allerdings.

Die nächsten Vorführungen wurden alle durch die Tröten beendet. Zwei Sänger waren kaum dazu gekommen, ihre Lieder anzufangen. Nur Cora schaffte ihre ganze Nummer. Sie konnte verblüffend gut jonglieren.

»Sieht so aus, als würde der Sieg zwischen dir und Cora entschieden«, sagte Maddy. Doch es kam noch eine letzte Nummer: Ben und Benny.

Ben schlurfte mit einer Mundharmonika auf die Bühne. Sofort gingen die Tröten los. Aber dann verkündete er: »Ich möchte euch Benny vorstellen.« Er pfiff auf den Fingern und ein grauer Papagei flog auf die Bühne und landete auf Bens Schulter.

Während Ben Mundharmonika spielte, sang oder vielmehr krächzte Benny dazu. Es hörte sich schrecklich an, so als würde man mit den Fingernägeln über eine Tafel kratzen. Es brachte meine Eingeweide zum Vibrieren. Und irgendwie war es auf eine seltsame Art total klasse. Die beiden durften ihre Nummer zu Ende spielen, dann verbeugte sich Benny und flog unter donnerndem Applaus von der Bühne.

Danach wurden die drei Teilnehmer, die nicht weggetrötet worden waren, Cora, Ben und Benny und ich, noch mal auf die Bühne geholt. Evie sagte, das Publikum sollte nun den Sieger wählen und in etwa zwanzig Minuten würden wir das Ergebnis erfahren.

20.30 Uhr

Im Warteraum sitzen jetzt nur noch Cora, Ben, ich und unsere Familien. Die Luft ist vor Spannung elektrisch aufgeladen. Wir wünschen uns den Sieg alle so sehr, auch Ben, der behauptet, dass es ihm völlig egal sei.

Dann fiel mir auf, dass Maddy eine whatsapp-Nachricht schrieb. »Sag bloß, dass du dich schon an die Arbeit gemacht hast. Was für eine Agentin!«

Sie wirkte beschämt – zu Recht. Denn sie hatte an Edgar geschrieben. »Ich wollte nur wissen, was er von der Sendung hält, denn er sieht sonst nie fern.«

»Und, was hat er geantwortet?«

Jetzt wirkte Maddy noch beschämter. »Er findet, dass diese Reality-Show ganz neue Untiefen an Scheußlichkeit erreicht – aber deine Nummer hat ihm weitgehend gefallen.«

»Weitgehend?«

»Alles außer dem Anfang, der ein klein wenig danebenging«, sagte Maddy.

»Ich würde gerne mal sehen, wie lange Edgar sich auf dieser Bühne behaupten könnte«, murmelte ich.

»Edgar hat gerade geschrieben …«, setzte Maddy an.

Ich unterbrach sie. »Tut mir leid, aber ich war kurz eingeschlafen, weil das die langweiligste Unterhaltung aller Zeiten ist.«

Dann kam Evie hereingerauscht. »Wir haben einen Sieger. Es war unheimlich knapp.«

»Wer ist es?«, fragte ich.

»Das erfahrt ihr in fünf Minuten auf der Bühne.« Evie lächelte. »Ihr braucht also nicht mehr lange zu warten.«

Wir standen alle auf.

»Viel Glück«, sagte ich in die Runde. »Möge das beste Mädchen, der beste Junge oder der beste Papagei gewinnen.«

Auch Maddy hatte sich erhoben und flüsterte mir zu: »Du hättest den Sieg verdient.«

»Solltest du das nicht erst mit Edgar abklären?«, erwiderte ich.

Mehr kann ich jetzt nicht schreiben.

Wünsch mir Glück, liebes Tagebuch.

21.20 Uhr

Mir sprang fast das Herz aus der Brust, während ich auf der Bühne auf die Siegerverkündung wartete. Zuerst, sagte Evie, würde sie den Zweitplatzierten nennen. Danach machte sie eine Pause, die mehrere Jahre zu dauern schien.

Und dann sagte sie – meinen Namen.

Ich bekam also die Silbermedaille. Wenn man zweiter Sieger wird, fühlt man sich zwar geehrt, aber man wünscht sich, man wäre Erster geworden.

Und wer wurde Erster? Genau, Ben und Benny, der krächzende Papagei. Natürlich habe ich ihnen gratuliert. Und Benny landete sogar auf meiner Schulter und zupfte mich am Ohr.

»Na, so was, das macht Benny bei Fremden sonst nie«, rief Ben. »Er scheint dich wirklich zu mögen.«

Immerhin habe ich heute einen neuen Freund gefunden. Ich frage mich, ob er ein Facebook-Profil hat (ich wette, das hat er).

Dad meinte später: »Schauspielern sagt man immer, sie sollten nie mit Tieren spielen. Und ich sage: Künstler sollten nie an Wettbewerben teilnehmen, in denen Tiere mitmachen.«

Und Maddy fand: »Von den tierfreien Nummern war deine die beste.«

Als ich ging, sagte Evie, dass sie mir alle Unterlagen über mein All-inclusive-Familien-Wochenende in Brighton zusenden würde. Das hatte ich völlig vergessen. Sie meinte, in zwei Wochen würde ich die Sachen bekommen.

Sie teilte mir außerdem mit, dass sie und ihr Co-Produzent sich alle Zweitplatzierten bei einem Casting persönlich anschauen und daraus einen für das große Finale aussuchen würden. »Das wird eine tolle Sache«, sagte sie, »denn es findet in der Royal Albert Hall statt.«

»Wie hoch ist die Bestechungssumme, die mir einen Platz sichert?«, fragte ich. »Ich könnte achtzig Pence anzahlen.«

Evie erwiderte, dass das Casting sehr anspruchsvoll sei und dass sie sich deswegen bald bei mir melden würde.

»Bis dahin«, sagte sie, »herzlichen Glückwunsch zum …« Sie zögerte kurz.

»Zum Beinahesieg«, warf ich ein und sie lachte.

23.05 Uhr

Zurück daheim. Alle sind noch auf, sogar Elliot. Er schreibt seitenweise Witze für mein Casting. Mum hat ein Siegeressen gekocht. (Ich war sehr taktvoll und habe sie nicht daran erinnert, dass sie um ein Haar meine große Chance zerstört hätte.)

Dad sagte: »Ich hoffe, dass dir der Erfolg nicht zu Kopf steigt und du mit uns unbedeutenden Sterblichen noch redest.«

»Tja«, meinte ich, »in meinem Zimmer habe ich eine VIP-Zone eingerichtet, die nur Stars wie ich betreten dürfen.«

Mum und Dad lachten sich schlapp.

23.20 Uhr

Dad hat Maddy heimgefahren, und als sie aus dem Wagen stieg, flüsterte sie mir zu: »Du spielst jetzt in der Liga mit den ganz Großen, Luis.«

»Wenn ich doch nur gewonnen hätte.«

»In Talentshows sind es oft die Zweitplatzierten, die später die große Karriere machen«, sagte Maddy. »Wir müssen nur dafür sorgen, dass du im Casting für das Finale ausgewählt wirst.«

Ich grinste. »Darauf kannst du wetten.«

Endlich waren wir wieder beste Freunde. Weder Maddy noch ich erwähnten unseren kleinen Zwist wegen Edgar. Allerdings sagte sie: »Versprich mir, dass du deinen Dad in diesem Hemd nicht mehr in die Öffentlichkeit lässt.«

23.50 Uhr

Heute Abend habe ich fast eine Talentshow gewonnen. Einen Urlaub habe ich auf jeden Fall gewonnen. Und – was das Beste ist – ich habe ein Publikum zum Lachen gebracht.

Ich würde nichts gegen diese Erfahrung eintauschen, nicht einmal einen verwandelten Elfmeter im Weltmeisterschaftsfinale.

Der schlimmste Satz aller Zeiten

Freitag, 4. Oktober
8.00 Uhr

Als ich aufwachte, war ich überraschenderweise deprimiert. Nun, es war vorbei. Mein Leben würde wieder seinen normalen Gang nehmen, und das fand ich entsetzlich. Zum Glück heiterte eine morgendliche Nachricht in whatsapp mich auf:

Nach deinem stürmischen Erfolg gestern Abend hat es Stunden gedauert, bis ich wieder einen normalen Ruhepuls hatte. Mach weiter so, das ist erst der Anfang. Deine Agentin.

15.15 Uhr

»Wie kann man sich von einem Papagei besiegen lassen!«

»Ich hätte nicht für dich gestimmt.«

»Sogar dein Dad ist witziger als du.«

Das ist nur eine kleine Auswahl der Beleidigungen, dir mir heute in der Schule an den Kopf geschmissen wurden. Und die Lehrer fragten nur, warum ich gestern meine Hausaufgaben nicht gemacht hatte. Was ist nur mit denen allen los? Wissen sie denn nicht, dass Talentshows die Zukunft unseres Landes sind?

17.10 Uhr

Meine Agentin hat angerufen. Sie hat mir und meiner Familie für morgen um halb elf ein Interview mit der Lokalzeitung besorgt.

Samstag, 5. Oktober

11.35 Uhr

Der Reporter blieb über eine Stunde und hat dabei gerade mal fünf Minuten mit mir geredet. Den Rest der Zeit hat Elliot beansprucht, dieser Angeber. War ja zu erwarten gewesen. Aber auch meine Eltern – besonders mein Dad – quatschten unablässig auf den Reporter ein.

Was soll's, ich habe kein Problem damit, meinen Ruhm zu teilen.

Montag, 7. Oktober

12.30 Uhr

Wir waren einkaufen, als ein kleiner Junge, der einen Welpen ausführte, auf mich zugelaufen kam und sagte, er hätte mich in *Kids mit Biss* gesehen. Er wollte sogar ein Autogramm von mir und sagte: »Falls du mal berühmt wirst, ist das richtig was wert.«

Ich werde niemals einen Fan abweisen, sogar wenn sein Füller ausläuft und sein Welpe ein Autogramm auf meinen Schuhen hinterlässt.

Donnerstag, 10. Oktober
17.50 Uhr

Ich hatte mich schon gewundert, warum ich nichts mehr über meinen Preis für den zweiten Platz bei *Kids mit Biss* gehört habe. Endlich eine Nachricht. Evie hat angerufen und den Termin für meine All-inclusive-Reise nach Brighton bestätigt. Am 17. Oktober geht es los. Ist nicht mehr lange hin.

Freitag, 11. Oktober
9.05 Uhr

Die Lokalzeitung ist erschienen und mein Interview nimmt die halbe Seite 5 ein. Zwei Bilder von mir sind abgedruckt, eins mit, eins ohne meine Familie. Diese Bilder haben mich mit einer bitteren Wahrheit konfrontiert. Ich muss noch viel wachsen, bis meine Ohren zu mir passen. Auch meine Zähne sind zu groß und springen mir auf beiden Fotos beim Lachen fast aus dem Gesicht.

Wenn ihr auf große Zähne und Riesenohren steht, bin ich euer Mann! Ein Glück, dass ich Witze erzählen kann.

Mums Alter wurde richtig genannt (44), aber Dad haben sie 35 Jahre alt gemacht. Es ist nur ein Druckfehler, aber ich habe Dad noch nie so selbstzufrieden lächeln gesehen.

Sonntag, 13. Oktober
15.20 Uhr

Ich war bei Maddy und wir haben uns gemeinsam meinen Auftritt in *Kids mit Biss* angeschaut. Am Anfang musste ich mir die Hände vors Gesicht halten.

»Das waren nur die Nerven«, sagte Maddy bestimmt. Wir

analysierten, wie ich meine Nummer beim nächsten Mal witziger gestalten könnte.

Edgar war heute nicht da und Maddy erwähnte ihn überhaupt nicht. Ich denke, ein so toller Mensch wie Maddy muss sich mit den ganzen Gedichten und dem blasierten Getue, mit dem er einen auf tiefsinnig und weise macht, irgendwann zu Tode langweilen. Alles nur Angeberei. Ich bin froh, dass Maddy ihn endlich durchschaut hat.

Dienstag, 15. Oktober
18.45 Uhr

Die Sonne schien heute wie verrückt, und in der Wettervorhersage hieß es, dass es am Wochenende noch heißer werden würde. Anscheinend steht uns ein Altweibersommer mit dem heißesten Oktober aller Zeiten bevor. Ideal für einen Ausflug nach Brighton.

Es gibt noch mehr gute Neuigkeiten. Elliot möchte zu dem Ausflug nicht mitkommen. Er will die Zeit lieber bei seinem Freund in Alton Towers verbringen. Also hat Mum es eingerichtet, dass er solange dort bleiben kann. Ich schnappte mir sofort das Telefon und rief Maddy an, um ihr zu sagen, dass wir ein Zimmer frei hätten. Als ich sie fragte, ob sie Lust hätte, nach Brighton mitzukommen, sagte sie »Ja«, noch bevor ich die Frage beendet hatte.

Donnerstag, 17. Oktober
19.30 Uhr

Dad hat sich für Brighton wieder ein neues Hemd gekauft.

Liebes Tagebuch, das solltest du sehen. Es ist ein grünes, psychedelisches Hemd und teilt sich auf der Liste aller abstoßenden Dinge in diesem Sonnensystem mit dem gelben Hemd den ersten Platz. Es ist ihm außerdem mindestens eine Nummer zu klein, sodass man seine sämtlichen Speckrollen sieht, ob man will oder nicht – ich für meinen Teil könnte gut darauf verzichten.

Was noch schlimmer war: Mum hat ihn diesmal begleitet und war bei vollem Bewusstsein, als er sich für dieses irrsinnige Teil entschied. Und doch hat sie nicht versucht, es ihm auszureden.

»Er hat sich immer schon gern auffallend gekleidet«, sagte sie zärtlich.

Ja, damals vielleicht, als das Feuer entdeckt wurde.

Natürlich hatte keiner von beiden auch nur den kleinsten Gedanken an mich verschwendet. Ist ihnen überhaupt nicht bewusst, welche Höllenqualen ich durchleide, wenn ich neben Dad gehen muss, während er dieses Hemd trägt?

Wenn überhaupt jemand in wilden, abgefahrenen Hemden herumrennen sollte, dann ich. Ich darf das. Meine Eltern hatten ihre Jugend. Nun wollen sie plötzlich noch mal eine. Das ist einfach nicht fair!

21.00 Uhr

Um mir vollends den Schlaf zu rauben, hat Dad gerade verkündet, dass er auf seiner Shoppingtour mit Mum noch mehr Sachen für das Wochenende gekauft hat.

Ich habe Gänsehaut am ganzen Körper.

Freitag, 18. Oktober
17.50 Uhr

Ich habe für Maddy und mich riesige Sonnenbrillen gekauft. Wenn wir die aufsetzen und uns immer ein paar Schritte hinter meinen Eltern halten, sollte uns der größte Teil der Peinlichkeit erspart bleiben.

Samstag, 19. Oktober
9.00 Uhr

Der Tag hat so gut angefangen. Die Sonne linste durch die Vorhänge, die Vögel zogen ihre Gesangsnummer ab. Die Reise nach Brighton würde unvergesslich werden. Nicht mal Dads Geschmacksverirrungen würden mir das verderben.

Ich sah Maddy, die auf unser Haus zumarschierte. Wie toll, dass sie auch mitkam. Ich ging öffnen. »Das nenne ich perfektes Timing«, sagte ich.

»Wieso?«

»Ich wollte dir gerade die Tür aufmachen.«

Sie lächelte. »Du bist gut drauf.«

Und das blieb ich noch ganze zwei Sekunden lang, bis ich sah, wer Maddy hinterhergestiefelt kam. Edgar. Sein Haar war noch zerzauster als sonst, und er blinzelte wie ein Maulwurf, den man am helllichten Tag aus seinem Bau gezogen hat.

Er wurde allmählich zur Landplage, höchste Zeit, dass Maddy ihn in die Schranken wies. Warum war er überhaupt mitgekommen?

Mit großer Geste stellte Edgar Maddys Koffer ab und rief mir zu: »Ich wollte dir nur sagen, dass euer Wochenendausflug für mich überhaupt kein Problem ist.«

Ich hatte keinen blassen Schimmer, wieso er mir das mitteilte. Es würde wohl am besten sein, den Spinner bei Laune zu halten. »Das freut mich zu hören«, sagte ich.

»Brighton wäre nicht meine erste Wahl«, fuhr er fort. »Zu kommerziell. Ich halte mich lieber an abgeschiedenen Orten auf, wo man wirklich in Ruhe nachdenken kann, weit weg von der lärmenden Menge.«

»Dann ist es ja ein Glück, dass du nicht mitkommst«, fuhr ich ihn an.

Und dann beugte Edgar sich vor und gab Maddy ein Küsschen auf die rechte Wange. Anschließend umarmten sie sich. Der Schock – das schiere Entsetzen – haute mich um.

Als er davongeschlurft war, sagte ich zu Maddy: »Er hat dich geküsst.«

»Ist mir auch aufgefallen. Er ist nämlich mein Freund«, fügte sie hinzu.

Das haute mich schon wieder um.

»Seit wann das?«, wollte ich wissen.

»Seit er mich vor vier Tagen gefragt hat.«

»Warum hast du mir das nicht längst erzählt?«

»Das wollte ich, aber du warst so beschäftigt«, sagte sie matt. »Außerdem dachte ich, dass du es sowieso gemerkt hast.«

»Nein«, sagte ich tonlos, »das habe ich beim besten Willen nicht kommen sehen.«

»Aber du freust dich doch für uns?«, beharrte Maddy.

Ich soll mich freuen, dass sie mit dem größten Idioten zusammen ist, den ich kenne? Dazu konnte ich nichts sagen, also zuckte ich nur die Schultern. Sogar dieses bisschen an Begeisterung konnte ich kaum aufbringen.

»Es ändert nichts daran, dass ich deine Agentin bin«, versicherte sie.

»Na, das will ich hoffen«, sagte ich. Wieso hatte das so mürrisch und unglücklich geklungen? Aber ich war zu benommen, um meine Stimme unter Kontrolle zu haben.

Da keuchte Maddy. Sie hatte meinen Dad die Treppe herunterkommen sehen. Er trug nicht nur das grüne psychedelische Hemd, das bei Tageslicht noch grässlicher aussah, sondern dazu blau-rot-weiß gestreifte Shorts.

»Yo, Maddy, alles klar zum Chillen am Meer?«, rief er.

»Ich kann's kaum erwarten«, erwiderte Maddy mit tapferem Lächeln.

»Hoffentlich haben wir eine übelst gute Zeit«, sagte Dad, »cu.«

Nachdem er weg war, sagte Maddy einfühlsam: »Das ist bestimmt nicht leicht für dich.«

Aber ich hörte sie kaum, denn ich stand immer noch unter dem Edgar-Schock.

10.10 Uhr

Wir sind jetzt auf dem Weg nach Brighton. Dad und Mum sitzen vorn und sind so demonstrativ gut gelaunt, dass es mich ermüdet. Und hier hinten hat Maddy schon die erste Nachricht von Edgar bekommen.

»Also, da stimmt was nicht«, sagte ich. »Er sollte dich einfach den Tag genießen lassen und dich nicht alle fünf Minuten zutexten. Das ist ziemlich rücksichtslos.« Dann fiel mir Maddys entsetzter Blick auf. Hatte er etwa schon mit ihr Schluss gemacht?

»Was hat er denn geschrieben?«, fragte ich. »Vermutlich reimt es sich.«

»Nein.« Maddy flüsterte etwas kaum Hörbares, irgendwas mit »Edgar fände es kalt«.

»Heute ist es doch nicht kalt«, meinte ich. »Nicht einmal in seiner Welt.«

Maddy lachte kurz und unfroh. »Nein, Edgar hat geschrieben, dass er das Universum ohne mich kalt und leer findet.«

»Er will uns den Ausflug unbedingt vermiesen, was?«, murmelte ich. »Ich wette, das hat er sich nicht selbst ausgedacht, sondern aus einem Buch abgeschrieben.«

»Überhaupt nicht«, sagte Maddy fest. »Ich hoffe, dass Edgar dich eines Tages seine Gedichte lesen lassen wird, damit dir klar wird, wie ehrgeizig er ist. Er ist ein Rohdiamant mit großem Potenzial, weiß du.«

Maddy hatte mich auch einmal als Rohdiamanten bezeichnet. Aber jetzt ist es nur noch Edgar dies und Edgar jenes. Selbst wenn gerade mal keine whatsapp-Nachricht kam, fühlte es sich an, als würde Edgar zwischen uns auf der Rückbank sitzen und die Atmosphäre vergiften.

Bis jetzt war Maddy der einzige Mensch, mit dem ich über alles reden konnte. Das geht jetzt nicht mehr, denn plötzlich ist es, als wäre sie über Nacht um Jahre gealtert. Maddy wird im Schnellverfahren erwachsen, während meine Eltern, die gerade einen Oasis-Song mitgrölen, von Tag zu Tag kindischer werden.

Warum kann nicht jeder so blieben, wie er ist? Nehmt mich zum Beispiel. Ich habe nicht vor, mich jemals zu ändern. Ich werde immer Luis, die Lachnummer, bleiben.

12.45 Uhr

Wir sind in Brighton angekommen und haben ins Waverley Hotel eingecheckt. Es ist winzig und hat nur sechzehn Zimmer, liegt aber direkt am Meer.

Ein gelangweilt dreinschauender Junge an der Rezeption empfing uns mit trübem Blick. Dad zeigte ihm die Reservierung von *Kids mit Biss.* Wortlos stand der Junge auf, ging in ein kleines Büro neben der Rezeption und zischte: »Der Zweite von letzter Woche ist da.«

Dann starrte er mich einen Moment lang an. »Du hast gegen einen Papagei verloren, was?«

»Ich habe vor, mir das in meinen Pass eintragen zu lassen.«

Der Junge ergänzte: »Die Managerin kommt gleich.«

Sekunden später eilte eine Frau auf uns zu. Sie war klein und geschäftig und ihre dauergewellten Haare waren rot wie Ketchup. Sie sah aus wie die reizendste Tischgesellschaft, die man sich wünschen konnte.

»Mein allerherzlichstes Willkommen«, rief sie. »Ich bin ja so entzückt, dass ich dein Preis bin.« Es klang so, als hätte ich sie persönlich gewonnen, worüber Maddy und ich schrecklich kichern mussten. Dann kicherten auch meine Eltern, und bald lachten wir alle wie die Irren, ohne besonderen Grund.

Die Managerin plapperte über das herrliche Wetter, das wir mitgebracht hatten, und dass wir ein ganz besonderes Wochenende erwischt hätten, da im Hotel heute Abend eine große Party zum zehnjährigen Bestehen des Waverley steigen würde.

Es würde eine riesige Tombola mit fantastischen Preisen geben. Alle Gäste bekamen Gratislose. Sie gab Mum unser Los und sagte zu mir: »Es wäre eine große Ehre für uns, wenn du als unser prominentester Gast heute Abend die Gewinnerlose ziehen würdest.«

Hinterher meinte Maddy zu mir: »Du bist der prominenteste Gast. Ist das nicht magisch?«

Das konnte ich nicht leugnen. »Ich vermute, dass John Cleese und Rowan Atkinson ständig gebeten werden, Tombolalose zu ziehen.«

»Aber jetzt haben sie mit dir eine harte Konkurrenz im Loseziehen bekommen«, sagte Maddy.

17.00 Uhr

Das ist bisher der Höhepunkt des Tages, denn:

Wir sitzen alle am Hotelpool.

Wir haben bergeweise Gratissandwiches und Kuchen bekommen.

Seit über einer Stunde ist keine whatsapp-Nachricht von Edgar mehr gekommen.

Ich habe nachgemacht, wie Dad seine Sonnenbrille herumwirbeln lässt, und Maddy bepisste sich vor Lachen. Endlich ist sie wieder die Maddy, die ich kenne.

Mum und Dad sind eingeschlafen. Sie sind vorher durch Brighton gehetzt (Maddy und ich sind in beträchtlichem Abstand mit unseren Sonnenbrillen gefolgt), und jetzt sind sie erledigt. Ich habe ein Badetuch über Dad ausgebreitet, das sein Hemd und die Shorts verdeckt. So sieht niemand, dass er momentan einen an der Klatsche hat.

19.55 Uhr

Wir gehen jetzt zur Hotelparty. Maddy und ich haben gerade

bei Mum und Dad angeklopft und Dad hat geöffnet. Er hatte sich die Haare mit viel Gel zu einer Tolle frisiert (genau wie auf dem alten Schnappschuss) und hatte sich außerdem umgezogen. Er trug jetzt das psychedelische gelbe Hemd, dazu Jeans, Stiefel und einen Seidenschal. Obendrein hatte er sich eine silberne Kreole an ein Ohr gehängt und sah aus wie ein Pirat aus dem Altersheim.

»Na, was sagst du?«, fragte er Maddy.

»Sie sehen so …« Maddy blinzelte heftig.

»So grauenhaft aus«, murmelte ich.

»So farbenfroh aus«, presste Maddy schließlich hervor.

Dad grinste. »Ich war immer schon dafür bekannt, dass ich mich gern auffällig kleide. Sieht so aus, als hätte ich immer noch ein gutes Händchen für ausgefallene Mode.«

Was sagt man zu seinem Vater, wenn er jeglichen Realitätssinn verloren hat? Und würde es überhaupt etwas bringen, wenn man es ihm sagt?

Dann kam Mum aus dem Bad. Sie trug eine knallenge Lederhose und ein graues Glitzertop. Dad trat einen Schritt zurück. »Es ist, als hätte man die Zeit zurückgedreht.« Er steckte eine Hand in die Hosentasche und sagte zu Mum: »Wir kennen uns nicht, aber ich habe dich ein paar Mal gesehen und wollte dich fragen, ob du Lust hast, mit mir heute Abend auf eine Party zu gehen.«

»Warum nicht«, sagte Mum mit seltsamer Kleinmädchenstimme.

»Ich rufe dich um acht Uhr an, wenn dir das passt«, fing Dad an, aber dann mussten er und Mum lachen und kriegten sich schier nicht mehr ein.

Als er sich beruhigt hatte, sagte Dad zu Maddy und mir: »Als ich deine Mutter das erste Mal sah – es war in einem Bus –, sah sie umwerfend aus. Von da an hockte ich jeden Abend in diesem Bus und starrte diese hinreißende Erscheinung an. (An dieser Stelle begann Mum so zu tun, als wäre ihr Dads Gerede peinlich.) Endlich nahm ich meinen Mut zusammen und lud sie zu einer Party ein. Ich hätte nie zu träumen gewagt, dass sie Ja sagen würde.«

»Ich war auch nahe dran abzulehnen«, gestand Mum. »Aber er war mir auch schon aufgefallen, weil er ziemlich nett aussah.«

Und weg waren sie in ihrer privaten Zeitmaschine. »Auf der Party wollte ich sie natürlich küssen«, schwärmte Dad, »aber immer, wenn ein langsames Lied gespielt wurde, verlor ich den Mut. Als dann das letzte langsame Stück gespielt wurde und alle auf die Tanzfläche zustrebten, da …«

»Griffen die Wikinger an«, sagte ich. »Ehrlich, Dad, es ist toll, dass du dich an Sachen erinnern kannst, die ewig lang her sind. Ihr habt eure Hausaufgaben damals noch mit einem Hammer in Steine gemeißelt, nicht wahr? Aber wenn wir jetzt nicht gehen, kommen wir zu spät zur Party.«

Auf dem Weg nach unten sagte Maddy zu mir: »Deine Eltern sind seltsam, aber auf eine witzige Art.«

»Du musst ja auch nicht mit ihnen zusammenleben.«

»Nein«, fuhr sie fort, »aber ich fand es irgendwie süß, was deine Eltern da eben erzählt haben.«

»Und ich fand es irgendwie abstoßend«, sagte ich.

20.15 Uhr

Wir ließen meinen Eltern den Vortritt. »Dann können wir uns

einen Platz auf der gegenüberliegenden Seite des Saals suchen«, meinte ich.

Maddy und ich drückten uns vor dem Tanzsaal herum. Dann blieben direkt vor mir zwei Mädchen stehen. »Du bist doch der aus der Show, die der Papagei gewonnen hat«, sagte das größere Mädchen. »Ich finde, du hättest den Sieg verdient.«

»Wir hätten beide für dich gestimmt«, sagte das andere Mädchen.

Ich lächelte bescheiden und unterhielt mich mit meinen Fans. Sie wollten alles über *Kids mit Biss* wissen. Maddy schien sich zu langweilen (vielleicht war sie auch ein wenig eifersüchtig, was ich hoffe), denn sie ging langsam in Richtung Saal.

Als die Mädchen abzogen, sah ich Maddy wieder aus dem Saal kommen, allerdings verhielt sie sich merkwürdig. Sie stakste, als stünde sie unter einem schweren Schock.

»Was ist los?«, erkundigte ich mich.

»Ich habe einen Blick auf die Party geworfen«, sagte sie. Und dann folgte der schlimmste Satz aller Zeiten: »Deine Eltern tanzen!«

Ich schluckte schwer. »Sie sind bestimmt erbärmlich.«

Maddy kam näher. »Sie geben dem Wort ›grässlich‹ eine völlig neue Bedeutung.«

Ich schluckte erneut.

»Aber du musst dir das nicht ansehen«, sagte Maddy. »Erspar es dir und geh woandershin.«

Ich wäre ihrem Rat gern gefolgt, aber mir fiel etwas ein: »Ich wurde doch extra gebeten, um halb neun die Tombolapreise zu ziehen. Natürlich könnte ich mich entschuldigen und ausrichten lassen, dass ich an der Pest erkrankt bin.«

»Ja, ich richte ihnen aus, dass es dir entsetzlich leidtut, aber dass du schwer krank bist«, sagte Maddy eifrig.

Aber als zukünftige Comedy-Ikone hatte ich meine Verpflichtungen. Dazu gehörte, dass ich mich nicht davor drücken durfte, die Preise zu ziehen. Also sagte ich: »Nein, ich gehe rein.«

Mein Mut haut mich manchmal selbst um.

20.40 Uhr

Mein Metier ist Comedy, nicht Horror, darum werde ich mich nicht zu lange damit aufhalten, was ich auf der Party gesehen habe.

An der Tür begrüßte uns ein lächelnder Junge, der Partyhüte verteilte, die Maddy und ich schleunigst wegwarfen. (Ich weigere mich sogar an Weihnachten, einen Papierhut aufzusetzen.) Aber die meisten anderen Gäste hatten die Hüte auf. Die Managerin stolzierte mit einer Goldkrone auf ihrer Dauerwelle herum.

»Genießen Sie den Abend?«, rief sie einem Paar zu und »Ist es nicht wunderbar?« einem anderen, bevor das erste überhaupt antworten konnte. Kellner, die Tabletts mit Essen und Getränken balancierten, eilten herum und Musik von anno dunnemals beschallte den Saal.

Gäste jeder Altersgruppe waren vertreten, aber die meisten stammten aus der Generation meiner Eltern. Einige Männer trugen Smoking und abscheuliche Fliegen, während die Frauen lange, fließende Gewänder anhatten. Manche Gäste saßen auf Stuhlreihen und sahen aus, als würden sie auf einen Zug warten. Andere standen in kleinen Gruppen herum und nickten im Takt zur Musik. Aber eins war allen gemeinsam: Sie starrten mit morbider Faszination auf das, was in der Raummitte los war.

Meine Eltern tanzten.

Und zwar nicht die halbherzige Variante, in der man ältere Herrschaften auf Hochzeiten tanzen sieht, wo sie sich nur müde übers Parkett schieben. Nein, Dad rollte mit dem Kopf herum und vollführte bizarre, zuckende Bewegungen. Er sah aus wie ein Truthahn, der in einer Schlinge gefangen war. Mum hingegen schüttelte sich unentwegt, als hätte ihr jemand Juckpulver in die Unterhose gestreut.

Weitere Details erspare ich euch. Jedenfalls tanzte sonst niemand – bestimmt waren sie starr vor Angst.

Ich versuchte, Mums Blick aufzufangen. Wenn sie ihren Sohn sah, fiel ihr vielleicht wieder ein, wie ihr Verhalten sich auf mich auswirken würde.

Aber Mum rief nur: »Ach, da sind sie ja endlich. Tanz doch mit Maddy, Luis. Liebes, du hast doch bestimmt Lust dazu.«

»Im Moment nicht«, sagte Maddy.

Dad winkte mir zu. »Wir gehen ganz schön ab, was? Wenn Rup und Maria uns jetzt sehen könnten!«

Ich arbeitete mich zu ihnen durch und versuchte, taktvoll zu bleiben. »Könntet ihr bitte ein bisschen unauffälliger tanzen?«

Dad lachte dröhnend. »Luis ermahnt uns«, rief er. »Es gefällt ihm nicht, wenn wir Spaß haben.«

Mum kicherte. »Heute Nacht liegt Rebellion in der Luft, Luis, und wir werden uns prächtig amüsieren.«

Ich wünschte so sehr, dass meine Eltern endlich aufhören würden, darüber zu labern, wie gut sie drauf waren. Das war wider die Natur.

Aber ich konnte sie nicht dazu bringen, Vernunft anzunehmen. Also ging ich schwer seufzend zu Maddy zurück. »Sie hören nicht auf mich.«

»Das liegt daran, dass sie in ihrer eigenen Welt gefangen sind«, murmelte Maddy.

Manchmal verblüfft es mich, wie weise sie ist.

22.05 Uhr

Die Tombola verspätete sich und die ganze Zeit verließen meine Eltern kein einziges Mal die Tanzfläche. Ich hoffte, dass Dads Knie ihm wieder Schwierigkeiten machen würde, aber ich hatte kein Glück.

Die zwei Mädchen, mit denen ich vorhin gequatscht hatte, kamen herein, starrten meine Eltern an und riefen im Chor: »Boah, eklig, oder?« Dann sahen sie mich, und etwas an mir (vielleicht mein dunkelrotes Gesicht) muss ihnen verraten haben, dass es sich bei den beiden Wahnsinnigen um meine Eltern handelte.

»Das sind deine Mum und dein Dad«, grölten sie.

»Ich wurde adoptiert – hoffe ich«, erwiderte ich.

Sie lachten.

»Sobald sie ihre Medizin bekommen haben, sind sie unter Kontrolle«, ergänzte ich.

Sie lachten erneut.

»Und wenn ihr denkt, dass das peinlich ist, dann solltet ihr erst mal hören, was mein Dad sich am Ende der Schuldisco geleistet hat.«

Ich war mitten in meiner Schauergeschichte (über die die Mädchen sich schieflachten), als die Tombola endlich losging.

Ich wurde nach vorn gerufen und als einer der Stars aus *Kids mit Biss* vorgestellt. Dann zog ich die Siegerlose. Es gab eine Menge Sieger, darunter Dad. Er kam angetänzelt, nahm eine riesige Pralinenschachtel entgegen und sagte zu mir: »He, dein Gesicht kommt mir irgendwie bekannt vor.« Ich wünschte, umgekehrt wäre es nicht so, dachte ich.

Ich ließ ein paar Witze einfließen, während ich die Lose zog, und als ich fertig war, bekam ich »donnernden Applaus«, so formulierte es Maddy hinterher. Dann ging die Musik wieder an und meine Eltern stürmten sofort die Tanzfläche.

»So viel Spaß hatten wir nicht mehr seit … seit Jahren, Luis«, rief Mum mit glänzenden Augen.

Ich sagte nichts, sondern bedachte sie nur mit einem abschätzigen Blick.

»Jetzt sind sie völlig außer Kontrolle«, sagte ich zu Maddy. Ich konnte es nicht mehr mit ansehen, also gingen wir einen Strandspaziergang machen.

Ich sagte: »Alles, was ich mir wünsche, sind langweilige Eltern, die sich schäbig anziehen und in Würde alt werden. Das ist doch nicht zu viel verlangt, Maddy, oder was meinst du?«

»Nein, gewiss nicht«, stimmte sie mir zu.

»Genau so waren sie früher.«

»Ich erinnere mich daran.«

»Wie kann ich sie wieder zurückverwandeln, Maddy?«

»Wir brauchen einen Schlachtplan«, sagte sie. »Ich werde mir die größte Mühe geben, mir einen einfallen zu lassen.«

»Und zwar möglichst bald.«

»Keine Sorge, ich weiß, wie dringend es ist«, sagte sie, »aber vielleicht … vielleicht ist das Schlimmste schon überstanden.

Sie haben sich ausgetobt, eine zweite Jugend erlebt und können nun zufrieden in ihren normalen Elternalltag zurückkehren.«

Sonntag, 20. Oktober
20.30 Uhr

Wir sind zurück daheim und meine Eltern wirken heute Abend ruhiger, stiller und älter. Könnte Maddy recht behalten? Ist das Schlimmste überstanden?

Montag, 21. Oktober
19.50 Uhr

Maddy hat sich total geirrt. Meine Eltern haben sich selbst übertroffen und sind noch tiefer in ihr schwachsinniges Verhalten reingerutscht.

Ihr werdet mir nicht glauben, was sie jetzt angestellt haben.

Nachrichten von meinen Eltern

Montag, 21. Oktober Fortsetzung
19.50 Uhr

Heute Abend hat Mum mir mitgeteilt: »Wir sind Facebook beigetreten.«

»Ihr seid was?!«, stammelte ich.

»Dein Dad und ich haben Facebook-Profile angelegt«, sagte Mum.

»Wir dachten, dafür wäre es allerhöchste Zeit«, fügte Dad hinzu.

Sie platzten fast vor Stolz, als sie mir ihr Werk präsentierten. Es waren zweifellos die schlechtesten Facebook-Profile, die ich je gesehen hatte.

Das fing schon mal damit an, dass Mum sich als Mann angemeldet hatte und die meisten ihrer Fotos auf dem Kopf standen. (»Du kannst uns bestimmt zeigen, wie man sie richtig herum dreht. Wir kommen damit nicht ganz klar«, sagte Mum.) Es gab eine bescheuerte Nachricht von unserem Goldfisch (»Danke, dass du mich jeden Tag fütterst. Ich liebe die neue

Futtersorte.«) und ein Bild von mir auf dem Töpfchen, natürlich auf dem Kopf.

Ich hätte mir große Sorgen gemacht, wenn ich nicht gesehen hätte, dass sie beide jeweils nur einen Freund hatten – sich gegenseitig.

»Klar helfe ich euch«, sagte ich. »Aber ihr solltet euer Profil nicht mit Schnappschüssen von mir zumüllen. Stellt lieber viele fröhliche Bilder rein, die euch beim Unkrautjäten und Autowaschen oder so zeigen.«

Mit listigem Lächeln beugte Mum sich vor. »Wir wollten dich außerdem fragen, ob wir uns mit dir auf Facebook anfreunden können. So nennt man das doch.«

Ich war erst mal zu entsetzt, um etwas zu antworten. Ich stand nur da und knirschte mit den Zähnen.

»Schau dir sein Gesicht an, du hast dich anscheinend falsch ausgedrückt«, sagte Dad.

»Was ist nun?«, beharrte sie.

Ich konnte nicht fassen, worum sie mich da baten. Mein Facebook-Profil ist für mich und meine Freunde gedacht – und für sonst niemanden. Ich konnte meine Eltern doch dort nicht herumschnüffeln lassen. Das ging sie rein gar nichts an. Das war ein unerlaubtes Eindringen in meine Privatsphäre.

Sie müssen meinen entsetzten Ausdruck bemerkt haben, denn Dad witzelte: »Ah, jetzt wissen wir, was du ausgeheckt hast.«

»Aber du hast doch nichts zu verbergen, oder?«, meinte Mum lächelnd.

Natürlich habe ich das. Wer in meinem Alter hätte das nicht?

»Keine Sorge, wir sind eine neue Elterngeneration«, sagte Dad. »Wir sind cool.«

»Du kannst uns alles erzählen«, versicherte Mum. »Wir werden nicht schockiert sein.«

Wie wäre es damit: Ihr seid die letzten Menschen auf der Erde, die sich auf meiner Facebook-Seite herumtreiben dürfen. Und das kommt nicht daher, dass ich euch nicht mag, denn meistens seid ihr ganz okay. Aber IHR SEID MEINE ELTERN, und wenn ich mit meinen Freunden zusammen bin, bin ich eine völlig andere Person als daheim.

Stattdessen sagte ich so freundlich, wie ich es unter den gegebenen Umständen schaffte: »Ja, na klar könnt ihr mir eine Freundschaftsanfrage senden.« Sie werden sowieso bald das Interesse verlieren, dachte ich mir. Ich hoffte es aus tiefstem Herzen.

Dienstag, 22. Oktober
18.45 Uhr

Hört ihr mich unfroh lachen? Meine Eltern haben angefangen, dämliche Nachrichten auf meiner Facebook-Pinnwand zu posten. Sie fingen gleich heute Morgen damit an: »Na, hast du daran gedacht, dich hinter den Ohren zu waschen? Hinter denen kann man Tulpen züchten.« Wirklich zum Brüllen komisch. Haha.

Maddy war entsetzt, als sie die Postings las. »Ich arbeite Tag und Nacht an unserem Schlachtplan.«

Mittwoch, 23. Oktober
16.00 Uhr

Ich war gerade in der Schule angekommen, als Julie mir nach einem ohrenbetäubenden Hustenanfall sagte: »Deine Mum und dein Dad haben mir gestern Abend den Schreck meines Lebens eingejagt.«

Ich fragte verblüfft: »Wie denn? Wo bist du ihnen begegnet?«

»Nirgends, aber sie haben mir eine Nachricht auf Facebook geschickt.«

»Gleich werde ich ohnmächtig«, sagte ich.

Julie zeigte mir die Nachricht.

»Hi Julie – magst du die Simpsons? Wir schon. Es ist unsere Lieblingsserie. Welche ist deine Lieblingsfolge? Verrätst du es uns? Marlon und Jessica.«

Julie sagte: »Ich dachte, wer in aller Welt sind Marlon und Jessica? Von denen habe ich noch nie gehört. Wieso schicken sie mir so eine seltsame Nachricht? Ich habe mir echt Sorgen gemacht, bis ich herausfand, dass auch andere Leute von Marlon und Jessica Nachrichten bekommen haben.«

»Sie haben auch anderen Leuten Nachrichten geschickt?«, keuchte ich heiser.

»Oh ja, Marlon und Jessica haben deine sämtlichen Freunde auf Facebook nach ihren Lieblingsfilmen und ihrer Lieblingsmusik gefragt.«

»Nein, nein, nein«, grunzte ich.

»Stell dir vor, wie erleichtert ich war, als ich herausfand, dass es sich um deine Eltern handelt. Ich dachte, das wären irgendwelche Geisteskranken.«

»Meine Eltern sind nicht direkt geisteskrank – aber im Moment flippen sie etwas aus und experimentieren mit Sachen, von denen sie lieber die Finger lassen sollten.«

»Ich habe auf ihre Nachrichten nicht geantwortet«, sagte Julie.

»Gut, denn man sollte sie keinesfalls auch noch ermutigen«, antwortete ich bestimmt. »Danke, dass du das so gut wegsteckst. Gib allen anderen Bescheid, dass ich mich darum kümmern werde.«

17.15 Uhr

Maddy hat ebenfalls eine der fröhlichen Nachrichten meiner Eltern erhalten. Sie wollten wissen, was ihr Lieblingsessen ist.

Dann hat Theo mir gesagt, dass auch einige Freunde von meiner alten Schule von Marlon und Jessica angeschrieben worden sind.

Maddy riet mir: »Am besten verbietest du deinen Eltern strengstens, weitere Nachrichten an deine Freunde zu schicken.«

19.00 Uhr

Ich bat meine Eltern um eine Unterredung.

»Gibt's ein Problem, Luis?«, fragte Dad.

»Ja, zwei«, hätte ich am liebsten geantwortet. Stattdessen sagte ich so beiläufig wie möglich: »Ich habe gehört, dass ihr meinen Freunden Nachrichten auf Facebook geschickt habt.«

»Stimmt.« Dad lächelte. »Wir wollten uns nur vorstellen und ein bisschen was über jeden erfahren.«

»Reine Höflichkeit«, fügte Mum hinzu.

»Die Sache ist nur die, dass Eltern normalerweise keine Nachrichten an die Freunde ihrer Kinder schicken. Das haben sie noch nie gemacht.«

»Bis jetzt«, sagte Mum.

»Wir verstoßen gegen die Regeln«, sagte Dad und sah hochzufrieden aus.

»Als ihr diese Nachrichten verschickt habt …« Ich machte eine Pause. »Nun, da seid ihr ehrlich gesagt ein wenig seltsam rübergekommen.«

»Seltsam kann gut sein«, sagte Dad sofort. »Seltsam setzt neue Maßstäbe.« Dann fügte er hinzu: »Die sind eben nicht an coole Eltern gewöhnt.«

So etwas wie coole Eltern gibt es nicht. Eltern sind entweder dröge und langweilig – im Optimalfall – oder peinlich. Andere Möglichkeiten sind ausgeschlossen.

Aber ich kann Mum und Dad beim besten Willen nicht dazu bringen, das einzusehen.

Ich starrte sie mit wachsendem Frust an. »Die Sache ist die, dass mich in der Schule alle darauf angesprochen haben. Sie möchten, dass ihr aufhört, ihnen zu schreiben. Das verwirrt sie nur. Und ich möchte auch, dass ihr damit aufhört.«

Ich war zu wütend, um noch mehr zu sagen, und stürmte aus der Küche. Dad folgte mir nur wenige Sekunden später.

»Es waren doch nur ganz kurze, sehr freundliche Nachrichten.« Er klang empört.

»Ich weiß, ich habe eine davon gelesen.«

»Wir dachten, es wäre gut für uns zu wissen, was die jungen Leute so denken. Und sie könnten sich ja auch für unsere Ansichten interessieren, zumal wir coole Eltern sind.«

»Tun sie aber nicht«, fuhr ich ihn an.

»Kein Einziger?«, fragte Dad.

»Nein.«

»Mir war nicht bewusst, wie altenfeindlich und engstirnig die jungen Leute heutzutage sind und dass sie Menschen gleich in Schubladen stecken.«

Jetzt klang er verletzt.

Und ich fühlte mich schlecht, war aber zugleich wütend auf Dad, weil er schuld war, dass ich mich schlecht fühlte, denn er war im Unrecht, nicht ich.

20.00 Uhr

Maddy hat versucht, mich aufzumuntern, indem sie mich daran erinnert hat, dass ich morgen Geburtstag habe.

»Stell dir vor, das hatte ich glatt vergessen«, sagte ich. »Wir leben in finsteren Zeiten, wenn ich etwas so Lebenswichtiges wie meinen Geburtstag vergesse.«

»Ich habe ihn nicht vergessen«, sagte Maddy fröhlich.

»Und was hast du für mich gekauft?«, wollte ich wissen.

Aber sie verriet es mir nicht, denn es sollte eine Überraschung werden.

Donnerstag, 24. Oktober

8.30 Uhr

Mein Geburtstag. Meine Eltern haben schon eine Nachricht auf meiner Facebook-Pinnwand hinterlassen. Sie haben mir alles Liebe zum Geburtstag gewünscht und mir vorgeschlagen: »Rock weiter ab und hab Spaß mit deinen Homies. Alles Liebe von deiner obercoolen Familie.«

Ich kann dir sagen, noch so eine Nachricht – nur eine einzige – und ich entferne beide für immer aus meiner Freundesliste.

Der schlimmste Schock überhaupt

Donnerstag, 24. Oktober Fortsetzung

9.15 Uhr

Die Geschenke sind ganz okay, darunter eine X-Box von Mum und Dad und ein dicker Schokoriegel von Elliot, den er an einem Eck nur ein Stückchen angenagt hat. Ich bekam auch etwas Bargeld als Entschädigung dafür, dass ich keine Geburtstagsparty feierte. Ich bin jetzt echt froh, dass ich dieses Bestechungsgeld angenommen hatte. Stell dir vor, wie meine Eltern sich aufgeführt hätten! Sie hätten mittanzen und sich mit allen auf Facebook anfreunden wollen.

Stattdessen gehen wir alle zusammen gut essen. Maddy ist auch eingeladen. Ich werde mich heute Abend also richtig vollstopfen. Super!

19.20 Uhr

Der Abend begann so schön, aber dann …

Erst mal das Erfreuliche. Maddy hatte ein geniales Geschenk für mich – eine Erstausgabe von *Jeeves wirkt Wunder*, ein Roman meines großen Vorbilds, dem humoristischen Schriftsteller P. G. Wodehouse. Das Buch war so alt und wertvoll, dass ich ihr versprach, jedes Mal Handschuhe anzuziehen, wenn ich darin las, und mir die Zähne zu putzen, bevor ich in der Nähe des Buches auch nur zu atmen wagte.

»Das muss ein Vermögen gekostet haben«, sagte ich.

Maddy widersprach nicht.

»Bestimmt musstest du dafür einen Kredit aufnehmen – aber ich bin es ja wert.« Ich beugte mich vor und gab ihr einen Kuss, nun, eher ein Küsschen. Aber wenn man so ein erstklassiges Geschenk bekommt, muss man sich irgendwie erkenntlich erweisen, nicht wahr?

Da wünschte ich mir doch glatt für einen Moment lang von ganzem Herzen, Maddy wäre mit mir zusammen, nicht mit Edgar. Einen Wimpernschlag später war der Spuk vorbei. Der Schock über das erstklassige Geschenk muss daran schuld gewesen sein. Auch Maddy wirkte entsetzt und ein wenig fassungslos. Also sagte ich: »Da siehst du, wie sehr ich dein Geschenk liebe.«

»Ja, das sehe ich.«

Mum kam vom Friseur zurück. Sie hatte vorher wirklich besser ausgesehen. Jetzt standen ihre Haare kraus vom Kopf ab, als hätte sie fünf elektrische Schläge auf einmal abbekommen.

Elliot glotzte sie fasziniert an.

»Extra für deinen Geburtstag«, sagte Mum.

»Das wäre doch nicht nötig gewesen«, murmelte ich.

Nachdem Mum uns allein gelassen hatte, sagte ich zu Maddy: »Tut mir leid, dass du das sehen musstest.«

»Ist schon in Ordnung.«

»Mit der Zeit gewöhnt man sich an die Schocks in diesem Haus«, sagte ich. »Aber ich verspreche, ich werde dafür sorgen, dass wir Mum im Restaurant in die dunkelste Nische setzen, damit …«

Ich hielt inne.

Ich hielt ein paar Sekunden die Luft an.

Maddy bestimmt auch.

Denn Dad kam die Treppe runter und er trug … entschuldigt, aber ich muss mich kurz unterbrechen.

Mir ist gerade wieder bewusst geworden, wie entsetzlich das ist, was ich dir jetzt erzählen will.

Ich verwandle mich in Batman

Donnerstag, 24. Oktober Fortsetzung
19.25 Uhr

Das von eben tut mir leid, aber ich schaffe es immer noch nicht, an Dads Outfit zu denken, ohne dass es mir eiskalt den Rücken hinunterläuft. Doch ich habe mich etwas beruhigt und kann dir nun alles erzählen.

Dad tänzelte in dem grässlich gelben »wilden« Hemd und einer engen, roten Lederhose herum.

Aber es war seine Kopfbedeckung, die mir das Blut in den Adern gefrieren ließ. Er trug eine Baseballkappe mit einem goldenen Logo, und zwar mit dem Schild nach hinten.

Es gibt viele Dinge, die ich nie im Leben sehen möchte, aber ich kann dir verraten: Nichts davon könnte grausamer sein als der Anblick, den mein Vater mit der nach hinten gedrehten Basecap bot.

Damit sagte er nicht: »Ich bin immer noch hip, immer noch jung.« Damit sagte er nur eines: »Ich bin grenzenlos verzweifelt.«

Er hätte sich ebenso gut ein Schild mit genau diesem Satz umhängen können.

Maddy flüsterte: »Am besten schaust du ein paar Sekunden lang weg, und dann versuchst du, dich in kleinen Schritten daran zu gewöhnen.«

Ich zischte zurück: »Daran werde ich mich nie gewöhnen. Dad hat die Grenze endgültig überschritten.«

Dann sagte ich so freundlich wie möglich: »Die Kappe ist neu, Dad, hm?«

»Habe sie heute erst gekauft«, antwortete Dad.

»Und sie ist super …«, fing ich an.

»Danke«, unterbrach mich Dad.

»Ideal für daheim«, fuhr ich fort. »Beim Staubsaugen oder Fensterputzen. Man kann damit bestimmt eine Menge im Haus machen. Nur zum Ausgehen ist sie nicht so ganz geeignet.«

»Außer bei der Gartenarbeit«, unterstützte mich Maddy.

»Ich sehe schon«, sagte Dad, »dass es dich umhaut, wenn dein verstaubter Dad plötzlich eine Basecap verkehrt herum trägt. Aber so tragen die jetzt alle, stimmt's?«

»Alle Teenager«, sagte ich.

»Die Mode ist doch heutzutage für alle da«, sagte Mum. Sie lächelte jetzt. »Es gibt keine albernen Generationsbarrieren mehr.« Sie wurde wohl auch einer Gehirnwäsche unterzogen.

»Wir können unsere Persönlichkeiten heutzutage alle frei entfalten«, meinte Dad forsch. »Also, in zehn Minuten starten wir, alles klar?«

Dann stapften er und Mum in die Küche. Mir war kreuzübel. Ich warf Maddy einen verzweifelten Blick zu. »Ich kann Dad unmöglich so aus dem Haus lassen.«

»Nein, auf keinen Fall«, sagte Maddy.

»Nein, auf keinen Fall«, stimmte Elliot zu. »Ich muss schließlich an meinen Ruf denken.«

»Was kann ich nur tun?«, fragte ich.

»Die Kappe im Garten vergraben«, schlug Elliot vor.

»Nein, das würde zu lange dauern. Sollte ich sie nicht lieber verbrennen oder Dad bis Weihnachten Hausarrest geben? Na komm schon, Maddy, lass dir etwas einfallen. Es ist ein Wettlauf mit der Zeit«, fügte ich hinzu.

Maddy dachte einen Augenblick nach. »Okay …«, sagte sie langsam. »Dein Dad hat eindeutig nicht mehr alle Tassen im Schrank.«

»Weiß ich doch«, sagte ich ungeduldig.

»Bei ihm sind sämtliche Sicherungen durchgebrannt und du musst nun besonders stark und tapfer sein. Du bist Batman, er ist der Joker.«

Hörte sich gut an.

»Aber«, fuhr Maddy fort, »selbst Batman brauchte Robin, der ihm manchmal aus der Patsche half.«

»Jep«, stimmte ich zu. »Worauf willst du hinaus?«

»Bin ich Robin?«, fragte Elliot eifrig.

»Diesmal nicht«, sagte Maddy. »Es muss jemand sein, der euch beiden beisteht. Jemand, auf den dein Dad hören wird …«

»Aber wer?«

Da rief Elliott: »Oma und Opa.«

Ich starrte ihn mit offenem Mund an. »Das ist das erste Mal in deinem Leben, du Zwerg, dass du etwas beinahe Kluges gesagt hast. Oma und Opa werden es genauso scheußlich finden wie wir, wenn sie Dad mit der nach hinten gedrehten Basecap sehen. Und da sie Dad seit seinem Geburtstag nicht gesehen haben, werden sie über sein komplettes Outfit entsetzt sein.«

»Und sie werden stundenlang darüber herziehen«, sagte Elliot, »weil sie über alles stundenlang herziehen.«

»Ja, auf seine Eltern wird er hören müssen«, meinte Maddy. »Na also, wir haben deinen Robin gefunden, sogar gleich zwei.«

»Ich mag es, wenn du mich mit Batman vergleichst«, sagte ich, schnappte mir das Telefon und wählte die Nummer meiner Großeltern. »Tagsüber Komiker, nachts Superheld. Ja, das lasse ich mir gefallen.«

Dann nahm Opa ab. Ich fiel gleich mit der Tür ins Haus und sagte: »Reg dich bitte nicht auf, es geht um einen Notfall. Könntest du mit Oma sofort herkommen?«

»Wieso, was ist denn passiert?«, fragte Opa. »Ist bei euch alles in Ordnung?«

»Ja und nein, wenn du verstehst, was ich meine.«

»Nicht die Bohne«, sagte Opa.

»Ich denke, es wäre wirklich das Beste, wenn ihr vorbeikämt und euch die Sache selbst ansehen würdet«, sagte ich und fügte hinzu: »Und tut bitte Mum und Dad gegenüber so, als würdet ihr nur wegen meines Geburtstags vorbeischauen, okay?«

»Wir sind in fünfzehn Minuten da«, versprach Opa. »Und beende nie wieder einen Satz mit ›Okay‹.«

Noch nie habe ich so sehnsüchtig auf meine Großeltern gewartet.

Dad wird auf sein Zimmer geschickt

Donnerstag, 24. Oktober Fortsetzung
21.05 Uhr

Was für ein Abend!

Ich kann euch sagen, hier ging voll die Post ab!

Es ging los, als Oma und Opa endlich aufkreuzten. Mum und Dad waren seit Ewigkeiten abmarschbereit, während Maddy, Elliot und ich verzweifelt versuchten, Zeit zu schinden. Ich riss die Tür auf, noch bevor meine Großeltern klingeln konnten.

»Hey, das ist ja mal eine Überraschung«, rief ich.

»Ja, nicht wahr?«, sagte Opa.

»Wir waren zufällig in der Gegend«, sagte Oma, »und dachten uns, wir schauen vorbei und wünschen dir alles Liebe zum Geburtstag.« Sie tätschelte Elliot gedankenverloren den Kopf. Während sie redeten, ließen sie und Opa ihre Blicke unruhig umherschweifen.

Dann sah Opa Maddy. »Ach, wer ist denn diese junge Dame?«

»Das ist Maddy«, erklärte ich. »Sie kümmert sich um meine Karriere.«

»Wie großartig«, sagte Opa und benahm sich Maddy gegenüber wie ein Kavalier. »Es ist mir eine Freude, dich kennenzulernen, meine Beste.«

Auch Oma lächelte Maddy kurz an und fragte dann: »Was ist denn nun so dringend, Luis?«

»Es geht um Dad«, zischte Elliot. »Und um das, was er auf dem Kopf hat.«

»Auf dem Kopf!«, echote Oma. »Wie meinst du ...?« Sie hielt mitten im Satz inne, denn Dad trat aus der Küche.

Oma kam ins Schwanken und Opa machte hastig ein paar Atemübungen.

Aber Dad schien gar nicht zu merken, welchen Eindruck er machte, und strahlte Oma und Opa an. »Hey, seid ihr hier, um Luis zu gratulieren? Wie nett von euch.«

»Ja, wirklich«, sagte Mum, die jetzt neben ihm stand.

Oma musste zweimal hinsehen, als sie Mums neue Frisur erblickte. »Was haben sie nur mit sich angestellt?«, raunte sie Opa zu. Es war ein Flüstern, das man fünf Meilen gegen den Wind hören konnte.

Aber Mum sagte nur vergnügt zu Oma: »Das nennt sich Retrostyle«, und sie fügte hinzu: »Es ist wirklich super, euch zu sehen, aber leider wollten wir gerade gehen.«

»Wir wollen euch nicht lange aufhalten«, sagte Opa. »Wir wollten euch nur etwas fragen.« Er wandte sich an Dad. »Was in aller Welt hast du dir auf den Kopf gesetzt – und warum?«

»Das sind zwei Fragen«, bemerkte Elliot.

»Ihr seid den ganzen Weg hergekommen, nur um das zu fragen?«, wunderte sich Mum.

»Ich will euch die Wahrheit sagen«, meinte Opa. »Wir haben

vorhin einen Notruf von Luis empfangen. Die Jungen und die Alten müssen hier zusammenhalten. Ich mag Baseballkappen nicht mal an Teenagern, aber wenn jemand in deinem Alter so ein Ding aufhat …« Opa machte noch ein paar Atemübungen.

Oma, die die Augen zu Schlitzen verengt hatte, fuhr resolut fort: »Also nimm das lächerliche Ding vom Kopf, Marlon, geh nach oben und zieh dir etwas Anständiges an. Dann kann Luis sein Geburtstagsessen genießen – und wir können heimgehen.«

Dad brach in schallendes Gelächter aus. »Ich glaub's ja nicht. Ihr schickt mich allen Ernstes auf mein Zimmer? Das habt ihr seit dreißig Jahren nicht mehr gemacht.«

Mum fand das nicht halb so lustig. »Er ist ein erwachsener Mann und kann tun und lassen, was er will.«

»Ach, da muss ich mich aber wundern, dass du ihn so ausgehen lässt«, blaffte Oma Mum an. »Ich würde meinen Mann niemals so herumlaufen lassen, als …«

»Als würde er der ältesten Boygroup der Welt angehören«, fiel ich ihr ins Wort.

»Du siehst so gestört aus, Dad«, sagte Elliot.

»Und außerdem«, steuerte Maddy ihren Senf bei, »ist man nur dann cool, wenn man nicht so aussieht, als würde man es sein wollen. Aber Sie sehen so aus, als würden Sie sich krampfhaft bemühen … tut mir leid.«

»Die Nachbarn sollten das auch nicht mitbekommen«, meinte Oma.

Dad hob plötzlich die Hand. »Genug, das reicht«, sagte er ruhig, aber bestimmt. Wir warteten darauf, dass er noch etwas ergänzen würde. Dad schien das auch vorzuhaben, denn er öffnete mehrmals den Mund. Aber er überlegte es sich offenbar anders, denn stattdessen stürmte er nach oben, genau wie ein aufgebrachter Teenager. Kurz darauf hörten wir, wie er die Schlafzimmertür zuknallte.

»Dad ist tatsächlich auf sein Zimmer gegangen«, kreischte Elliot aufgekratzt. Das war wirklich aufregend, aber auch schockierend. Was würde Dad machen? Ich sah Maddy an, die die Schultern zuckte.

Mum wirkte unglücklich. »Entschuldigt mich bitte.« Sie rannte ebenfalls nach oben.

»Jetzt ist auch Mum auf ihr Zimmer gegangen«, sagte Elliot. »Das ist klasse. Wann dürfen sie wieder raus, Oma?«

Oma lächelte finster und flüsterte Opa zu: »Ich hoffe, dass er nicht schmollt. Als Kind ist er stundenlang schmollend in seinem Zimmer geblieben. Weißt du noch?«

Opa nickte. »Ich glaube, du bist etwas zu weit gegangen, als du ihn auf sein Zimmer geschickt hast.«

»Ich habe ihn doch nicht richtig auf sein Zimmer geschickt«, sagte Oma. »Ich habe ihm nur gesagt, dass er sich umziehen soll, also fall mir nicht in den Rücken.«

»Tu ich doch gar nicht«, erwiderte Opa. »Ich wollte dich nur darauf hinweisen …«

»Als er noch klein war, hast du mich nie in der Erziehung unterstützt. Und das ist heute noch so«, fuhr Oma ihn an.

Die Stimmung hier unten wurde immer angespannter, während oben …

Ich flüsterte Maddy zu: »Was, wenn Dad heute nicht mehr runterkommt?«

Sie kicherte und ich ebenfalls. Keiner wusste, was als Nächstes passieren würde.

Ein paar Minuten später kam Dad die Treppe wieder runter. Ohne Basecap, dafür in seinem ältesten, schäbigsten Anzug, der nach Mottenkugeln roch. Er stützte sich auf einen Wanderstock, den er noch nie benutzt hatte. »Ich hoffe, ich bin jetzt passend für deinen Geburtstag angezogen, Luis.«

Mum stand feixend neben ihm. Sie hielt das wohl für einen klasse Scherz, mit dem sie Oma, Opa und mich ärgern wollten. Aber ich wäre ehrlich gesagt froh, wenn Dad so was immer tragen würde. Eltern können sich gar nicht altbacken genug anziehen.

»Wenn damit eure Probleme alle bereinigt sind«, sagte Mum höflich, aber eisig zu Oma und Opa, »dann sollten wir jetzt besser ins Lokal aufbrechen, weil wir sowieso schon sehr spät dran sind.«

Als Opa und Oma sich auf den Weg machten, flüsterte Opa mir zu: »Jetzt sind wir in Ungnade gefallen.«

»Nicht bei mir«, flüsterte ich zurück. »Ihr habt euch bombig geschlagen, die Basecap ist Geschichte.«

Das Geburtstagsessen verlief ungemütlich. Wir taten so, als wären wir alle super drauf. Aber immer wieder erstarb Mums Lächeln und machte einem wütenden Gesichtsausdruck Platz. Sie war stinksauer, dass ich Oma und Opa um Hilfe gebeten hatte. Ja, ich hatte hart durchgegriffen, aber ich musste Dad seine Fehler vor Augen führen. Das war mein aufrichtiges Anliegen.

Nach dem Essen bekam ich einen ordentlichen Schrecken. Dad hatte kein Wort mehr über die Basecap verloren, doch als wir gehen wollten, sagte er zu Maddy und mir: »Ich weiß, dass ihr und meine Eltern mich für einen Langweiler haltet. Es behagt euch nicht, wenn ich meine rebellische, lebenslustige Seite zeige. Das ist mir klar. Ich werde also aus Rücksicht darauf ein bisschen warten, bis ich die Kappe wieder aus der Versenkung hole.«

Ein bisschen warten?

Hatte Dad denn heute Abend rein gar nichts gelernt? Und war es ihm völlig egal, wie ich mich dabei fühlte? Der Anblick der nach hinten gedrehten Basecap auf seinem Kopf würde mich noch lange bis in meine Träume verfolgen.

Nur die Zeit kann diese Wunde heilen.

Wenn ich mir vorstellte, es würde wieder passieren und ich würde Dad vielleicht begegnen, wie er draußen so herumlief, wo alle ihn sehen konnten … da würde mir nur noch eine Psychotherapie helfen.

»Dein Schlachtplan ist wichtiger denn je«, sagte ich zu Maddy.

»Keine Sorge, ich arbeite daran«, antwortete sie. »Mir fällt bestimmt bald etwas ein.«

Eine Agentin wie sie ist ein echter Glücksfall.

Edgar, Retter in der Not

Freitag, 25. Oktober
15.00 Uhr

Entsetzliche Neuigkeiten. Wir schreiben nächsten Monat schon wieder einen Geschichtstest. Unser Lehrer mit dem siebenfachen Doppelkinn muss süchtig nach Tests sein.

Warum ist das achtzehnte Jahrhundert so langweilig und kompliziert? Warum weiß ich immer noch nicht, was damals los war? Ich glaube, der Geschichtsunterricht wird absichtlich so gestaltet, dass er mich nervt und mir das Gefühl gibt, dumm zu sein.

Ich muss mich irgendwie um den Test herumdrücken. Vielleicht werde ich ja vorher berühmt und vor diesem schweren Schicksal bewahrt.

Der einzige Lichtblick ist, dass nächste Woche Herbstferien sind.

17.45 Uhr

Evie hat angerufen und gesagt, dass mein Casting fürs Finale in knapp zwei Wochen, am Mittwoch, dem 6. November, stattfindet. Und dann ließ sie eine Bombe platzen.

Sie sagte: »Wir möchten dich bitten, nicht bloß Witze herunterzuleiern wie beim letzten Mal, sondern dir ein Thema zu suchen – egal welches – und dieses in drei Minuten sehr witzig abzuhandeln, ohne dabei einen Witz zu erzählen.«

Sie fuhr fort: »Was wir möchten, Luis, ist, dass du zu etwas eine Meinung hast, die du in deiner Nummer auslotest. Wir möchten den wirklichen Luis kennenlernen, der uns an seinem Leben teilhaben lässt.«

»Aber ohne Witze«, sagte ich.

»Ohne einen einzigen«, bestätigte sie.

19.15 Uhr

Ich habe es Maddy erzählt. »Keine Sorge«, sagte sie, »auch dafür entwickle ich einen Schlachtplan.«

Samstag, 26. Oktober

18.00 Uhr

Stellt euch vor, Maddy hat tatsächlich angerufen. Sie behauptet, sie hätte meine beiden Probleme auf einmal gelöst. Das mit meinen Eltern und gleichzeitig die Nummer bei *Kids mit Biss*. Es klang großartig, bis sie sagte: »Genau genommen war es Edgars Idee.«

»Du redest mit ihm über meine privaten Probleme?«

»Klar, er ist schließlich mein Freund.«

Ich mag Maddy ja sehr, sehr gern, aber es gibt Augenblicke, in denen ich sie am liebsten schütteln würde, und das war einer davon. Ich weiß, dass Edgar ihr Freund ist. Aber das muss sie doch nicht laufend erwähnen. Sie soll es gefälligst für sich behalten.

»Du wirst von Edgars Einfällen begeistert sein«, prahlte sie weiter. »Warum kommst du nicht gleich vorbei?«

»Ist Edgar da?«, erkundigte ich mich.

»Na klar«, sagte sie.

Ich wäre lieber daheim geblieben, aber meine Verzweiflung zwang mich hinzugehen.

18.30 Uhr

Es gibt Menschen, die brauchen nur ein Wort zu sagen und gehen einem schon auf den Keks. Edgar gehört entschieden in diese Kategorie.

»Hallo«, sagte er an der Tür und klang überheblich und von sich eingenommen.

Dieses eine Wort reichte, und ich hätte ihm liebend gern den Kopf abgerissen. Natürlich tat ich das nicht, sondern schaffte es sogar, ihn anzugrinsen (ich bin ein echtes Schauspieltalent).

Dann sagte Edgar: »Danke, dass du vorbeischaust«, als wäre es nicht Maddys Haus, sondern seins. Er ging nach oben in Maddys Zimmer. Ich folgte ihm und setzte mich zu ihr, während Edgar herumschlurfte, seine Locken nach hinten warf und murmelte. »Ich habe deine beiden Probleme gelöst.«

»Mal sehen«, sagte ich.

»Möchtest du meine Idee hören?«, fragte Edgar.

»Das wird bestimmt der Höhepunkt meines Lebens«, antwortete ich.

Edgar seufzte und – wie ich leider sagen muss – auch Maddy. Noch nie habe ich eine solche Distanz zwischen uns gespürt.

»Maddy hat mir erzählt«, sagte Edgar, »dass du in Brighton einige Mädchen mit Berichten über das seltsame Verhalten deiner Eltern erfreut hast. Erinnerst du dich daran?«

»Sicherlich«, sagte ich.

»Maddy hat mir außerdem berichtet, dass die Mädchen sich köstlich amüsiert haben, also lag die Lösung auf der Hand. Du wirst eine Comedy-Nummer über das unsägliche Benehmen deiner Eltern abliefern. Es kann für dich kein besseres Thema geben.«

»Und du hast enorm viel Material«, warf Maddy ein. »Wie sie getanzt haben, wie sie sich auf Facebook herumgetrieben haben.«

»Ja, okay«, unterbrach ich sie. »Hab schon verstanden.«

»Außerdem solltest du – und das möglichst bald«, sagte Edgar, »deinen Eltern die Nummer vorführen und sie fragen, was sie davon halten.«

»Aber in Wirklichkeit«, unterbrach Maddy ihn aufgeregt, »wirst du ihnen vor Augen führen, wie entsetzlich sie dich und sich selbst blamiert haben.«

»Dabei wirst du den heilenden Balsam des Lachens verwenden«, sagte Edgar und warf seine Locken zurück, »darum werden sie nicht beleidigt sein.«

»Nein, denn dazu werden sie zu sehr lachen müssen«, meinte Maddy. »Aber es wird sie zum Nachdenken bringen und nach deiner Vorstellung werden sie ihre Fehler einsehen. Ist das nicht der perfekte Plan?«

»Nun, er eröffnet einige Möglichkeiten«, räumte ich widerstrebend ein. Insgeheim dachte ich, dass es ein genialer Plan war, aber das wollte ich nicht zugeben.

»Kannst du die Nummer dieses Wochenende schreiben?«, fragte Edgar.

»Ja, wieso?«

»Je eher deine Eltern sie sehen, desto besser. Normalerweise bin ich nicht so energisch«, fuhr er fort, »aber als ich gehört habe, dass dein Vater eine Basecap falsch herum getragen hat …« Er schluckte so fest, dass seine Locken wippten. »Nun, wir wollen auf jeden Fall weitere Auswüchse dieser Art verhindern.«

»Was denn für weitere Auswüchse?«, erkundigte ich mich.

Edgar antwortete: »Nun, einem meiner Freunde an meiner letzten Schule ist etwas Ähnliches passiert. Sein Vater hat sich genau wie deiner verzweifelt bemüht, sich bei den Kids anzubiedern. Ein Verhalten, das mir unerklärlich ist. Der Vater hatte bereits alles gemacht, womit auch deiner dich gequält hat. Eines Tages wollte dieser Junge sich nach Schulschluss gerade auf den Heimweg machen, als ihm sein Dad entgegenkam. Er hatte ein Skateboard unter den Arm geklemmt.«

Eine Gänsehaut überzog meinen gesamten Körper. »Er hat vor aller Augen ein Skateboard dabeigehabt?«, fragte ich bebend.

»Jemand hat sogar ein Beweisfoto davon gemacht.«

Ich zitterte.

Edgar starrte mich durch seine Mähne hindurch an. »Aber ich glaube und hoffe inständig, dass uns genug Zeit bleibt, bei deinem Dad das Schlimmste zu verhindern.« Er wirkte ehrlich besorgt, und ich wollte erschreckenderweise schon etwas beinahe Nettes zu ihm sagen, als Maddys Dad die Treppe hochrief: »Es ist sieben Uhr.«

»Verwendest du deinen Dad jetzt als Zeitansage?« Ich grinste.

Aber Maddy und Edgar wirkten plötzlich unbehaglich. »Nein,

Dad erinnert mich nur an die Uhrzeit, weil Edgar und ich miteinander ausgehen wollen.«

Tja, das ging mich alles rein gar nichts an. Was meine Agentin in ihrer Freizeit macht, ist allein ihre Sache.

Das war mir klar, aber ich war so verunsichert, dass ich anfing, Unsinn zu reden. »Hey, ihr zwei geht aus, das ist ja unglaublich.«

»Wieso unglaublich?«, fragte Edgar sofort.

»Nun, ich meinte nicht wirklich unglaublich …« Was redete ich da? Das wusste ich selbst nicht. Ich war plötzlich nicht mehr zu einer normalen Unterhaltung fähig.

»Geht ihr irgendwo hin oder lustwandelt ihr nur durchs Herbstlaub?«, fragte ich.

»Wir gehen ins Kino«, sagte Maddy.

»Wow, ist ja super«, sagte ich mit derart verkrampfter Freude, dass ich mich innerlich wand. Ich wurde fast so peinlich wie mein Dad. »Ihr werdet euch bestimmt prächtig amüsieren, während ihr den Film schaut und Popcorn futtert. Besorgt euch einen großen Becher, denn wenn der Film nichts taugt, könnt ihr Popcorn auf die Leinwand werfen.«

»Genau genommen«, sagte Edgar, »gehen wir in einen Filmclub, wo es nicht gern gesehen wird, wenn man Popcorn isst. Das lenkt nur vom Film ab.«

»Ja, und wenn der Film blöd ist?«, fragte ich.

»Ich kenne ihn schon«, sagte Edgar. »Es ist ein sehr guter deutscher Film, *Die fetten Jahre sind vorbei.* Er handelt von den Robin Hoods der Moderne … kennst du den überhaupt?«

Ich schüttelte unglücklich den Kopf und beschloss, dass es für mich höchste Zeit zum Gehen war.

Maddy rief mir nach: »Und denk daran, dieses Wochenende unbedingt deine Nummer zu schreiben.« Es hörte sich an, als würde sie mir Hausaufgaben aufgeben.

Langsam und traurig trottete ich nach Hause. Auch wenn meine beiden Probleme so gut wie gelöst waren, fühlte sich mein Kopf schwer an. Es war einfach nicht richtig. Maddy sollte nicht in ein Kino gehen, in dem man nicht einmal Popcorn essen durfte. Sie sollte in ein anderes Kino gehen, und zwar in ganz anderer Begleitung.

19.45 Uhr

Ich habe angefangen, meine Nummer für das Casting zu schreiben.
Hier sind die ersten Zeilen:

»Von mir werdet ihr heute erfahren, wie man mit den peinlichsten Eltern klarkommt, die es gibt – denen, die sich für übelst cool halten.«

Ein guter Einstieg, finde ich.

21.50 Uhr

Ich habe die Nummer sechs Mal komplett umgeschrieben. Ich habe zum Thema peinliche Eltern so viel zu sagen, dass ich gar nicht weiß, was ich weglassen soll.

Sonntag, 27. Oktober

16.30 Uhr

Ich habe Maddy angerufen und ihr Teile meiner Nummer vorgelesen. Sie lachte sich schier kaputt. »Das ist großartig«, sagte sie.

Maddy hat nichts über den gestrigen Abend mit Edgar gesagt, also erwähnte ich ihn auch nicht. Ich will nicht, dass sie mich für neugierig hält. Und erst recht will ich nicht, dass sie mir erzählt, was für einen tollen Abend sie hatte.

18.30 Uhr

Morgen Abend führe ich meinen Eltern die Nummer vor. Maddy wird auch da sein, um mich zu unterstützen.

Als ich aus der Schule kam, war Dad überraschenderweise schon daheim. Er sagte, er hätte sich ein paar Tage freigenommen. Es muss toll sein, wenn man sich jederzeit freinehmen kann.

Gut ist, dass er dann heute Abend besonders entspannt sein wird, sich amüsieren und seine Fehler einsehen kann. Danach können er und Mum wieder alt und altmodisch werden.

Mehr verlange ich gar nicht von ihnen.

Das wird ja immer sonderbarer

Montag, 28. Oktober

16.30 Uhr

Herbstferien, yeah! So habe ich jede Menge Zeit, an meiner Nummer zu feilen.

Es herrscht eine seltsame Stimmung. Ich kann nicht genau sagen, was los ist, aber Mum und Dad flüstern in der Küche miteinander. Bestimmt geht es um mich, so wie meistens. Dabei mache ich doch zurzeit überhaupt keine Schwierigkeiten.

18.15 Uhr

Wenn alles gut läuft, sieht der heutige Abend so aus:

Meine Eltern werden sich meine Nummer ansehen und dabei Tränen lachen. Während sie sich die Augen trocknen, werden sie sagen: »Ja, wir sehen es ein, wir waren unfassbar peinlich, aber jetzt werden wir uns wieder so benehmen, wie es sich für Menschen unseres Alters gehört. Danke, dass du uns das auf so witzige Weise klargemacht hast.«

21.50 Uhr

Im echten Leben kommt immer alles ganz anders, habe ich recht?

So verlief der Abend wirklich:

Maddy, Mum und Dad saßen in meinem Zimmer, und ich wollte gerade loslegen, als mir auffiel, dass sie Händchen hielten. Nicht, dass ich etwas dagegen hätte, aber sie sollten es tunlichst unterlassen, wenn ich im selben Raum bin.

Das hat mich ein wenig aus dem Konzept gebracht.

»Du bist doch nicht etwa aufgeregt?«, fragte Mum.

»Keine Sorge, wir sind ein tolles Publikum«, sagte Dad, der sich jetzt an Mums Arm klammerte, als säßen sie in einem Schleudersitz.

»Tja, dann geht es los«, sagte ich. »Hier kommt mein ultimativer Ratgeber, wie man mit den peinlichsten Eltern der Welt fertig wird – denen, die sich für übelst cool halten.«

Maddy lächelte bereits. Meine Eltern wirkten etwas verdutzt.

»Also«, fuhr ich fort, »zunächst müsst ihr nach Warnsignalen Ausschau halten. Wenn eure Eltern euch nach Slangausdrücken fragen oder, wie sie es formulieren würden, danach, »wie man auf der Straße gerade so spricht«, dann – und passt genau auf, was ich euch jetzt sage – verratet ihnen nichts, kein einziges Wort, außer ihr seid scharf darauf, dass eure Eltern eines Tages am Schultor auftauchen und rufen: ›He, wo ist mein Youngster?‹« (Großartig, wie ich Dad an dieser Stelle imitierte.)

»Ob ihr es glaubt oder nicht, das kann wirklich passieren. Als Nächstes geht es um den schlimmsten Anblick, der sich euch je bieten wird. Eure Eltern tanzen. Das ist an sich schon nervenaufreibend, aber was, wenn sie sich dabei so bewegen?«

Ich legte eine wilde Tanznummer hin, in der ich nachmachte, wie Mum und Dad getanzt hatten. Maddy bepisste sich beinahe vor Lachen und kippte fast vom Stuhl.

Meine Eltern hielten sich zurück.

Mum bewegte sich so gut wie gar nicht – sie saß da wie versteinert. Dad massierte sein Kinn. Sie bekamen auch keinen Lachflash, als ich erzählte, was passiert, wenn Eltern sich auf Facebook mit dir anfreunden oder dein Dad eine nach hinten gedrehte Basecap trägt.

Aber ich machte tapfer weiter, jetzt kam der Teil, wie man mit so einer Katastrophe umgeht.

»Nun kennt ihr die Warnsignale«, sagte ich, »aber was könnt ihr tun? Ihr müsst auf jeden Fall schnell sein. Sobald unsere Eltern lächerlich tanzen oder ›Yo, wo sind meine Homies?‹ sagen, müsst ihr sie in ihre Schranken weisen. ›Nein, das ist nichts für euch. Ihr habt eure eigene Jugend gehabt. Das ist meine Welt – nicht eure.‹ Sagt es ihnen bei jeder Gelegenheit. ›Meine Welt – nicht eure.‹ Und sagt ihnen, dass es sich nicht gehört, wenn sie Lederhosen und angesagte Sportschuhe tragen. Sie können sich damit nicht durchmogeln. Sie werden nie wieder cool sein. Alles, was sie noch sein können, ist ein Berufsjugendlicher. Und wer will das schon sein? Ich möchte diese Nummer meinen Eltern widmen, ohne die sie nicht möglich, genau genommen nicht mal nötig gewesen wäre.«

Maddy spendete mir donnernden Applaus, der Beifall meiner Eltern war eher verhalten. Besonders schlimm fand ich, dass sie kein einziges Mal gelacht hatten.

»Danke für diesen verdienten Applaus. Also, wie hat es euch gefallen?«

»Das war absolut genial«, fand Maddy.

»Danke, man merkt es dir an.« Ich grinste. »Und was meint der Rest des werten Publikums?«

»Es war gut gemacht«, meldete Dad sich endlich zu Wort.

»Hm«, sagte Mum.

»Aber es war nicht das, was wir erwartet hatten«, sagte Dad.

»Gewiss nicht«, stimmte Mum zu.

»Ein klein wenig war es von eurem strahlenden Vorbild inspiriert«, sagte ich.

»Das haben wir bemerkt«, sagte Mum.

»Aber es ging nicht nur um euch zwei«, fuhr ich fort. »Stimmt's Maddy?«

»Und ob«, pflichtete Maddy mir sofort bei. »Es geht um viele Eltern. Eltern auf der ganzen Welt.«

»Ach wirklich«, sagte Mum sanft.

»Ich habe euch kaum lachen gehört«, sagte ich.

Dad lächelte trocken. »Dazu war es zu schmerzhaft.« Er sprang auf. »Wenn ich verspreche, nie wieder zu tanzen, darf ich dann gehen und ein Bad nehmen?«

Dads plötzlicher Abgang schien Mum zu erschrecken. Ich hörte, wie er ihr zuflüsterte: »Nein, mir geht's gut.« Dann schritt er zur Tür und lächelte Maddy und mich fröhlich an. »Danke für die übelst gute Vorführung. Diesen Ausdruck werde ich nie wieder verwenden. Ich denke, dass du mit der Nummer viel Erfolg haben wirst, Luis.«

Dad sagte lauter nette Sachen und er schien seine Lektion gelernt zu haben. Warum war mir dann trotzdem unbehaglich zumute? Vielleicht lag es an der peinlichen Stille, die eintrat, nachdem er fort war.

Auch Mum stand auf. Ich dachte, sie wollte ebenfalls gehen, aber sie stand nur schwankend da, als wäre sie von einer Kugel getroffen worden und würde jeden Augenblick zu Boden gehen.

»Nachdem du jetzt alles gesagt hast«, meinte sie plötzlich, »sollten die Eltern das Recht haben, ihre Seite der Sache darzulegen.«

»Haha«, sagte ich, als hätte Mum einen Witz gemacht (was ich nicht glaubte).

Maddy grinste ebenfalls.

»Was du wirklich gesagt hast«, fuhr Mum fort, »ist Folgendes: Eltern sollten ihre Kinder füttern, einkleiden und ihnen alles bezahlen. Aber ansonsten sollen sie sich in Sack und Asche hüllen und in einer dunklen Ecke verstauben.«

Ich hätte es nicht treffender formulieren können. Meine Eltern haben wirklich eine schnelle Auffassungsgabe.

»Du hast es auf den Punkt gebracht«, antwortete ich.

»Weißt du, was.« Mum schwankte immer noch wie verrückt. »Du solltest wirklich ein Wörterbuch herausbringen mit all den Ausdrücken, die Eltern nicht verwenden dürfen. Lass mich überlegen – ›abgefahren‹, zum Beispiel.«

»Von ›abgefahren‹ solltet ihr euch wirklich fernhalten«, sagte ich. »Obwohl du es gut hinbekommen hast. Genau im richtigen Tempo.«

»Und was ist mit ›cool‹?«, fragte Mum.

»Damit könntest du gerade so durchkommen«, meinte ich. »Aber nur, wenn du es ganz schnell sagst, so wie eben.«

»Und am besten nur in Gegenwart anderer Erwachsener«, ergänzte Maddy.

Mum nickte. »Aber ›übelst‹ darf ich nur sagen, wenn mir extrem schlecht ist.«

»Ansonsten unbedingt vermeiden«, sagte ich. »Ich schreib dir gern eine Liste mit allen verbotenen Wörtern.«

»Wie nett von dir«, murmelte Mum. Sie hatte aufgehört zu schwanken und stand nun direkt vor mir. »Und wenn deine Freunde vorbeischauen, darf ich dann überhaupt etwas zu ihnen sagen? Das ist mir noch nicht ganz klar geworden.«

»Wenn sie ankommen, darfst du sie gern begrüßen und mit ihnen plaudern.« Das war echt großzügig von mir. »Aber nur kurz und ohne viele Fragen zu stellen.«

»Zu desinteressiert sollten Sie dabei aber nicht wirken«, ergänzte Maddy.

»Ist es in Ordnung, wenn ich deinen Freunden etwas zu essen und zu trinken anbiete und sie bediene?«, fragte Mum. »Wenn ich dabei ohne ein Wort zu sagen einfach das Tablett abstelle?«

»Damit wärst du auf der sicheren Seite«, stimmte ich zu.

»Manche Eltern klopfen nur kurz und lassen das Tablett vor der Tür stehen«, fügte Maddy hinzu.

»Was für ein ausgezeichneter Vorschlag.« Mum eilte zur Tür. »Ich werde ihn gleich mal ausprobieren. Ich vermute, ihr hättet beide gern noch etwas Tee und Sandwiches.«

»Ja, gerne.«

»Dann kümmere ich mich darum. Ich klopfe, wenn das Tablett fertig ist, und stelle es vor die Tür – ohne ein Wort zu sagen. Ihr werdet sehen, wie schnell ich lerne, mich elterngerecht zu verhalten.« Und damit war sie weg.

Ich wandte mich an Maddy. »Für einen Moment dachte ich, sie hätte endlich Vernunft angenommen.«

»Aber sie war nur sarkastisch«, stellte Maddy fest. »Das kenne ich von meiner Mum.«

»Sie ist richtig aufgebracht, nicht wahr?«

»Stinksauer.«

»Und was Dad betrifft«, sagte ich. »Der hat sich so sehr aufgeregt, dass er gehen musste.«

»Nun, deine Nummer handelte in erster Linie von ihm«, meinte Maddy.

Ich schüttelte betrübt den Kopf. »Hat ja toll geklappt mit Edgars heilendem Balsam des Lachens.«

»Gib nicht Edgar die Schuld«, sagte Maddy sofort. Ich wusste, dass sie ihn verteidigen würde.

»Ich gebe ihm gar nicht die Schuld«, sagte ich, obwohl ich das sehr wohl tat. »Ich wollte nur feststellen, dass seine Idee die Sache eher verschlimmert hat.«

»Da muss ich dir widersprechen«, sagte Maddy. »Vielleicht ist es ganz gut, dass deine Eltern sich so aufregen.«

»Was soll daran gut sein?«

»Es zeigt, dass sie dir wirklich zugehört haben. Außerdem wette ich, dass dein Dad sich auf der Straße niemals mit einem Skateboard blicken lassen wird.«

Ein Schaudern ging durch meinen Körper. »Wenn Dad das jemals machen würde, müsste ich mir eine neue Identität zulegen.«

»Und die Regierung würde dich dabei bestimmt unterstützen«, meinte Maddy. »Aber darüber solltest du dir jetzt keine Gedanken machen.«

»Du meinst also, ich sollte die Nummer wirklich bei *Kids mit Biss* zeigen?«

»Ja klar. Es ist deine beste. Deine Eltern werden damit klarkommen, wenn sie über den Schock hinweg sind.«

Würden sie darüber hinwegkommen?

Sie waren den ganzen Tag schon so seltsam gewesen – und jetzt waren sie noch viel seltsamer drauf.

Manchmal hat man mit seinen Eltern nichts als Kummer und Sorgen.

Eine schockierende Entdeckung

Dienstag, 29. Oktober
20.00 Uhr

Ich gebe die Hoffnung nicht auf, dass die Schule eines Tages aussterben wird.

Alle – auch die Lehrer – werden irgendwann genug davon haben. Ich habe jetzt schon genug davon. Das Letzte, was ich an meinen wenigen wertvollen Ferientagen fern der Sklaverei machen will, ist über die Schule reden. Aber genau das musste ich jetzt tun und … nun, ihr werdet ja sehen.

An diesem Abend erledigte ich unbezahlte Arbeit – den Geschirrspüler einräumen –, als Mum und Dad an mir vorbeirauschten. Sie hatten sich den ganzen Tag ordentlich benommen, vielleicht etwas abweisend. Ich schätze, das konnte ich ihnen nicht verdenken. Jetzt wirkten sie wieder ein wenig aufgeräumter.

»Hey, Kumpel«, sagte Dad.

»Wir dürfen dich doch noch Kumpel nennen, oder?«, fragte Mum.

»Warum nicht«, sagte ich großmütig.

»Hab Geduld mit uns, wir werden es hinkriegen«, versprach Mum mit sarkastischem Unterton. »Wir haben uns übrigens den Lehrplan deiner neuen Schule angesehen.«

»Da hattet ihr bestimmt eine Menge Spaß«, murmelte ich.

»Dabei ist uns etwas klar geworden«, fuhr Mum fort. »An deiner alten Schule wart ihr im Geschichtsunterricht noch gar nicht im achtzehnten Jahrhundert angekommen.«

»Ja, dort verging die Zeit langsamer«, sagte ich unbestimmt.

»Das kann nicht leicht für dich gewesen sein«, sagte Dad, »weil du im Stoff so weit hinterhergehinkt bist. Die anderen haben das achtzehnte Jahrhundert im ganzen vergangenen Halbjahr behandelt.«

»Wenn man so klug ist wie ich, sind solche Probleme nur ein Pappenstiel.« Ich wollte unbedingt das Thema wechseln.

»Im Geschichtstest hast du ja trotzdem bestens abgeschnitten«, stellte Mum fest. »Hat Maddy dir dabei geholfen?«

»Mum, was für eine Frage. Geh und wasch dir sofort den Mund mit Seife aus. Ich bin zutiefst beleidigt.« Das war schlau von mir, denn so hatte ich es umgangen, die Frage zu beantworten.

»Ich denke schon, dass es so gewesen sein könnte«, beharrte Mum. »Wir werden dir auf jeden Fall helfen und dir einen Nachhilfelehrer besorgen.«

Ich starrte Mum mit unverhohlenem Entsetzen an. »Aber warum? Ich habe doch in letzter Zeit nichts falsch gemacht.«

»Das soll keine Strafe sein. Er soll dich nur dabei unterstützen, im Stoff aufzuschließen, damit du es leichter hast«, sagte Mum. »Wir wussten, dass du dich darüber freuen würdest.« Sie klang wieder sarkastisch, und ich fragte mich sogar, ob das ihre Retourkutsche für gestern Abend war.

Aber dann fiel mir ein, wie sie gestern tagsüber in der Küche getuschelt hatten. Ich hatte mir schon gedacht, dass es um mich ging. Und es erklärt vielleicht auch die seltsamen, verschlagenen Blicke, die Dad mir danach zugeworfen hat. Er wusste, was mich Grässliches erwarten würde.

Mittwoch, 30. Oktober

14.00 Uhr

Und jetzt kommen eine Überraschung und eine verblüffende Neuigkeit.

Die Überraschung besteht darin, dass meine Eltern aufgehört haben, auf meiner Facebook-Pinnwand zu posten.

Die verblüffende Neuigkeit betrifft Dads wilde Hemden. Erinnerst du dich, liebes Tagebuch? Nun, wie könntest du das vergessen. Ich habe sie beide gesehen – im Mülleimer. Dad hat sie offensichtlich weggeworfen.

Ich habe im Müll herumgewühlt, um zu sehen, ob er auch die Basecap entsorgt hat, konnte sie aber nicht entdecken. Es ist auf jeden Fall ein großer Fortschritt. Ich bin entzückt – und verblüfft, wie schnell sich die Lage bessert.

16.30 Uhr

Heute Nachmittag hat Mum Elliot zu einer Party gefahren. Dad hockt derweil in seinem Büro – der Hütte im Garten. Er hat dort den ganzen Tag Papierkram ausgemistet. (Erwachsene verplempern ihren Urlaub immer.) Ich dachte, ich könnte ihm taktvoll dazu gratulieren, dass er die wilden Hemden weggeworfen hat, und dabei versuchen, ihm den Nachhilfeunterricht auszureden.

Aber ich habe dann doch nichts gesagt. Ich habe ihn durchs Fenster beobachtet. Er hat mich nicht bemerkt, denn er wirkte wie in einer dunklen Wolke gefangen.

Er hockte zusammengesunken und kreuzunglücklich in seinem Drehstuhl. Wieso war er nur so furchtbar deprimiert, dazu noch in seinem Urlaub? Dann wurde mir klar, was daran schuld war.

Er vermisste die psychedelischen Hemden.

Sie waren seine letzte Chance gewesen, wieder jung zu sein. Als er sie wegwarf, hat er auch seinen Traum weggeworfen, einen Traum, den ich zerstört hatte.

Ich hatte es mit den besten Absichten getan – ich wollte ihn daran hindern, sich und mich weiterhin in peinliche Situationen zu bringen. Aber jetzt sah Dad aus, als wäre er neun Millionen Jahre alt.

ICH WAR SCHULD, DASS MEIN DAD NEUN MILLIONEN JAHRE ALT AUSSAH.

Das ist nicht gut. Das ist genau genommen entsetzlich.

Ich war so erschrocken, dass ich nicht mehr wusste, was ich Dad sagen sollte.

Später kam er wieder ins Haus und tat vergnügt. Aber ich weiß, was ich gesehen habe.

18.00 Uhr

Dad hat die wilden Hemden gekauft, weil sie ihn angesprochen haben. Mich haben sie jetzt plötzlich angebrüllt und mir einfach keine Ruhe mehr gelassen. Also bin ich raus zum Mülleimer und habe sie gerettet – wobei ich am ganzen Körper unablässig gezittert habe.

Wenn ich daran denke, Dad könnte sie wieder tragen, durchfährt es mich eisig. Aber ich habe ihn wohl zu schonungslos mit der Wahrheit konfrontiert. Erwachsene vertragen das nicht. Ich hätte ihn langsam von den Hemden entwöhnen sollen. Dieser plötzliche Entzug ist ihm nicht bekommen. Ich werde ihm sagen, dass er die wilden Hemden weiterhin tragen darf, vorzugsweise, wenn ich nicht in seiner Nähe bin.

Ich habe die Hemden ganz unten in Dads Schrank verschwinden lassen. Ich bin sicher, er wird es vorziehen, das Wiedersehen mit ihnen alleine zu feiern. Falls er mich später fragt, ob ich sie dorthin getan habe, werde ich beiläufig Ja sagen, so als hätte er sie versehentlich weggeworfen. Ich fange an, mich an die Dinger zu gewöhnen; so schlimm, wie ich dachte, sind sie eigentlich gar nicht.

Ich bin wirklich ein herzensguter Mensch.

Donnerstag, 31. Oktober
10.30 Uhr

Es ist Halloween, der zweitschönste Feiertag nach Weihnachten.

Beim Frühstück sprangen Dad, Elliot und Mum mich in der Küche an. Sie trugen Horrormasken. Ich tat so, als hätte ich Angst. Das liebt Elliot. »Ui, hast du dich aber erschrocken!«, sagte er immer wieder.

»Na, geht es heute Abend Süßigkeiten betteln?«, fragte ich Dad.

Das haben wir bisher jedes Jahr gemacht. Letztes Jahr war

Elliot zum ersten Mal dabei. Ich kann nur sagen: Er muss noch eine Menge lernen.

Dad meinte: »Oh ja, Elliot ist schon ganz aufgeregt. Du wirst ja sicher bei deinen Kumpeln abhängen.«

Welche Kumpel?

Ich habe noch ein paar Freunde von meiner alten Schule. Aber Theo hat die Erkältung eingefangen, die dort gerade rumgeht. Außerdem ist er letztes Jahr mit seinem Dad auf der Jagd nach Süßigkeiten herumgezogen. Das ist etwas, das man mit seinen Eltern machen kann, ohne sich schämen zu müssen. Erstens tragen wir alle dabei Masken und zweitens ist es dunkel und man wird sowieso nicht erkannt.

Ich versuchte, ihnen das zu erklären, aber Mum und Dad waren zu sehr damit beschäftigt, Elliot beim Dekorieren zu helfen, damit die Wohnung bis zum Abend total gruselig aussah, als dass sie mir richtig zuhörten.

Ich bin bis jetzt jedes Jahr an Halloween mit Dad unterwegs gewesen. Aber dieses Jahr ist er einfach davon ausgegangen, dass ich zu alt dafür wäre oder mich zu sehr schämen würde. Dabei hat er mich nicht mal gefragt.

Was für schlampige Erziehungsmethoden!

16.00 Uhr

Unerwarteter Besuch von Oma und Opa. Sie behaupteten, sie wären zufällig in der Gegend gewesen. Aber als ich die Tür öffnete, zischte Opa mir zu: »Wir kommen in friedlicher Mission.«

»Und hier ist ja der Junge, der den ganzen Unfrieden erst gestiftet hat«, meinte Oma zu mir, aber es klang recht nett. Sie fragte mich mit ihrem ohrenbetäubenden Flüstern: »Was hat dein Vater heute an?«

»Jetzt mach mal halblang, das geht uns überhaupt nichts an und es kümmert uns auch kein bisschen …«, begann Opa, aber als er Dad sah, verstummte er.

Ich fragte mich, ob Dad sich eins seiner wilden Hemden angezogen hatte, die er inzwischen gefunden haben musste. Aber er schien sie lieber schonen zu wollen, denn er sah eher abgerissen aus. Er trug eine alte Hose und eine Cordjacke. Keine Basecap weit und breit. Oma und Opa entspannten sich sichtlich.

Opa gab mir und Elliot für Halloween je fünf Pfund, und als sie aufbrachen, sagte Oma: »Ich habe noch ein paar Jugendfotos von deinem Dad gefunden, die solltest du dir genau ansehen.« Sie durchbohrte mich mit ihrem Blick.

Warum in aller Welt sollte ich das wollen?

19.35 Uhr

Halloween ist in vollem Gange, überall treiben sich dunkle, gefährliche Monster herum, und ich sollte eins von ihnen sein.

Ich trage immer eine Maske mit hervorstehenden Augen und riesigen, scharfen Zähnen. Aber heute liegt die Maske – meine Maske – unbeachtet und unbenutzt auf dem Boden des Esszimmers. Dad und Elliot sind vor einer halben Stunde losgezogen. Dad hat die ganze Zeit gelacht und Witze gerissen und ähnelte gar nicht mehr dem neun Millionen Jahre alten Mann von gestern. Als sie gingen, sah ich, wie Dad Elliot schützend die Hand auf die Schulter legte, so wie er es früher bei mir gemacht hatte.

Natürlich bin ich dafür jetzt viel zu alt, aber plötzlich fühlt es sich an, als wäre Halloween nur noch für Elliot da. Ich wurde einfach ausgemustert. Dad hat nicht einmal etwas zu dem großen Opfer gesagt, das ich gebracht habe – ihm diese abstoßenden, wilden Hemden wiederzugeben.

19.45 Uhr

Ich habe Maddy angerufen und wünschte sofort, ich hätte es nicht getan.

Ich wollte mich mit ihr treffen, aber bevor ich etwas sagen konnte, verkündete sie: »Edgar ist bei mir.«

»Das ist gruselig«, sagte ich. »Edgar ist der einzige Junge, der auch ohne Maske einen erschreckenden Anblick bietet. Sollte natürlich nur ein Witz sein. Sag ihm böse Grüße von mir.«

Maddy lachte weder, noch ging sie auf meine Frotzeleien ein. Ich habe schon angeregtere Selbstgespräche geführt als diese Unterhaltung.

»Und, was treibt ihr beide heute Abend so? Geht ihr aus?«

»Hm«, machte sie vage.

Sie war überhaupt nicht nett zu mir, und es war klar, dass sie mich möglichst schnell abwimmeln wollte. Also schnatterte ich: »Tja, dann sage ich mal Bonsoir, meine Amiga – jetzt staunst du, wie viele Sprachen ich spreche. Wir sehen uns. Hoffentlich löst sich mein Gehirn bis dahin nicht auf.«

Zweifelsohne hatte ich mit Maddy noch nie so eine öde, demütigende, grenzwertige Unterhaltung gehabt.

Wenn Edgar da ist, bin ich Luft für sie. Ich hätte allen Grund, deswegen verletzt zu sein, aber ich werde meine Stimmung retten, indem ich meine Witzesammlung durchgehe.

20.30 Uhr

Nicht einmal meine Witze konnten mich aufheitern. Also habe ich Maddy eine Nachricht in whatsapp geschickt:

Es tut mir leid, dass ich dich gestört habe, während Edgar bei dir war. Es wird nie wieder vorkommen. Danke für die schöne Zeit. Luis.

21.20 Uhr

Dad und Elliot sind von ihrem Streifzug zurück. Mum hat das Wohnzimmer wie jedes Jahr dekoriert, mit künstlichen Spinnweben und Fensterstickern, die im Dunkeln leuchten. Auf dem Fensterbrett steht ein Monsterkürbis. Es gibt sogar ein Skelett, das sich auf dem Sofa lümmelt. Es taucht regelmäßig an Halloween auf und gehört gewissermaßen schon zur Familie.

Elliot war total aufgekratzt und raste herum (so nervig habe ich mich bestimmt nie aufgeführt). Mum und Dad wunderten sich, dass ich nicht ausgegangen war, und boten mir etwas von den Halloween-Süßigkeiten an.

Ich fühlte mich immer noch ausgegrenzt, bis Elliot endlich im Bett war und Dad sagte: »Ich will dir drüben in der Hütte etwas zeigen, Luis.« Er wollte mir nicht verraten, um was es sich handelte, und machte ein Riesengeheimnis daraus. Hatte es etwas mit den wilden Hemden zu tun?

Nein, auf dem Tisch in der Hütte lagen einige Fotos von Dad in seiner Jugendzeit ausgebreitet. Wieso in aller Welt meinten Oma und Dad, dass mich die interessieren würden? Doch dann fiel mir etwas ins Auge. Oma hatte einen Schnappschuss von mir eingefügt. Es war eine extreme Nahaufnahme, auf der man nur mein Gesicht sah.

»Ich kann mich gar nicht erinnern, dass Oma mich fotografiert hat …«, begann ich.

Anstelle einer Antwort brach Dad in schallendes Lachen aus.

Ich nahm das Foto auf und pfiff verwundert durch die Zähne, denn jetzt konnte ich erkennen, dass ich das gar nicht war auf dem Foto, sondern Dad, als er etwa in meinem Alter gewesen war. Die Ähnlichkeit war erschreckend. Als hätte ich einen Zwillingsbruder.

»Dad«, stammelte ich, »was fällt dir ein, genauso auszusehen wie ich? Das muss aufhören. Mach das nie wieder. Immerhin sind deine Ohren auf dem Foto genauso überdimensional groß wie meine. Aber heute sind sie es nicht mehr. Ich kann mich also darauf freuen, dass meine Ohren schrumpfen werden.«

Dad lächelte durchtrieben und sagte: »Dieser grinsende, verrückte Kerl, den du für dich selbst gehalten hast, der ist immer noch irgendwo hier drin, weißt du.« Er tippte sich an den Kopf.

»Sag ›Aaah‹, und ich schau nach, ob ich ihn entdecken kann.« Ich grinste. »Ich verlange auch keinen Finderlohn.«

Dad sah aus, als läge ihm noch etwas auf der Zunge, aber dann rief Mum in den Garten, dass Elliot nicht einschlafen könne, weil er sich so gruselte.

»Was für ein Amateur«, sagte ich. »Mit mir hattet ihr an Halloween nie solche Probleme.«

Nachdem Dad gegangen war, riskierte ich einen letzten Blick auf das Foto von »mir«. Irgendwie muss ich beim Fortgehen an den Tisch gestoßen sein, denn ein Papierstapel kam ins Rutschen und alle Blätter landeten auf dem Boden. Hastig klaubte ich sie zusammen, wobei mein Blick darüberglitt. Ich erwartete nicht, dass sie mich interessieren könnten, aber das taten sie dann doch. Es handelte sich um Briefe, die an Dad adressiert waren und in denen so Sachen standen wie: »Danke für Ihre Bewerbung. Wir haben momentan keine offenen Stellen, werden Ihre Unterlagen aber in unsere Akten nehmen.« Andere waren etwas persönlicher und Dad wurde zu einem Gespräch eingeladen.

Es war klar, was das alles bedeutete: Dad suchte einen neuen Job. Aber wieso in aller Welt tat er das? Er hatte doch einen guten Job.

Dann fiel mir ein, dass Dad plötzlich freigehabt hatte. Ich dachte an die seltsame Atmosphäre, die die ganze Woche im Haus geherrscht hatte. Und an die vielen Stunden, die Dad in der Hütte verbracht hatte. Es hatte sich nicht angefühlt, als würde Dad Urlaub machen – denn so war es gar nicht.

Als ich Dad gestern so trübsinnig herumsitzen sah, da trauerte er überhaupt nicht seinen wilden Hemden nach, sondern dem Job, den er verloren hatte! Wie viele Stunden mochte er in der Hütte gesessen haben, allein und krank vor Sorge, was nun aus uns werden sollte? Mum weiß es bestimmt, denn das muss der Grund sein, warum sie in letzter Zeit besonders nett zu ihm war.

Plötzlich hörte ich Dad zurückkommen. So schnell wie möglich raffte ich die restlichen Briefe zusammen. Es war ihm bestimmt nicht recht, dass ich sie gesehen hatte.

Dad schaute zur Tür herein. »Wir brauchen Verstärkung. Elliot hat sich total reingesteigert. Jetzt wären ein paar von deinen Witzen die letzte Rettung.«

»Ja klar«, sagte ich. Ich fühlte mich in Dads Gegenwart seltsam unbehaglich.

23.00 Uhr

Ich kann immer noch nicht fassen, dass Dad arbeitslos ist. Rup war doch erst kürzlich hier. Er und Dad schienen sich prächtig zu verstehen. Was mag passiert sein? Und warum hat Dad mir nicht gesagt, dass er seinen Job verloren hat. Hat er sich geschämt? War er zu stolz dafür?

Natürlich könnte ich ihn darauf ansprechen. »He, Dad, ich habe ein bisschen in deiner Hütte herumgeschnüffelt und ein paar Briefe entdeckt. Schlimme Sache, das mit deinem Job …«

Nein, Dad muss es mir von sich aus sagen.

Ich schätze, das wird er bestimmt bald tun.

Maddy packt aus

Samstag, 2. November
7.25 Uhr

Liebes Tagebuch, es passiert mir nicht oft, dass ich aufwache und sofort aus dem Bett springe. Das ist mir heute sogar zum ersten Mal überhaupt passiert, weil mich ein Gedanke traf wie ein Blitzschlag.

Dad hatte in letzter Zeit kreuzunglücklich ausgesehen, außerdem bin ich sicher, dass er seinen Job verloren hat. Und was werde ich am Mittwoch tun? Nun, ich werde ihn vor einem riesigen Publikum schon wieder demütigen. Denn meine Nummer handelt ausschließlich davon, dass meine Eltern sich zum Affen machen.

Es war schon schlimm genug für sie, sich das bei uns daheim anzuschauen. Sie sind nicht gerade vor Freude herumgesprungen.

Aber falls (FALLS!) ich das am Mittwoch durchziehe und die Nummer im Fernsehen bringe, werden Millionen Menschen sich über meinen arbeitslosen Dad einen Ast lachen.

Wäre es nicht besser, wenn ich eine völlig andere Nummer bringe? Es wäre auf jeden Fall netter.

Noch habe ich Zeit.

20.00 Uhr

Ich habe fast den ganzen Tag dafür gebraucht, aber ich glaube, ich habe es geschafft. Mein neues Thema sind die Lehrer.

Tonnenweise witzige Anekdoten und Gags – und Mum und Dad werden verschont. Perfekt!

Sonntag, 3. November

11.00 Uhr

Ich habe Maddy angerufen. Sie ist schließlich immer noch meine Agentin. Ich war nicht besonders nett zu ihr, aber sie zu mir ja auch nicht. Ich sagte also nur: »Ich habe meine Nummer umgeschrieben.«

»Warum?«, wollte sie wissen.

»Nun, ich habe sie verbessert. Möchtest du sie sehen?«

»Na hör mal, klar.« Sie fuhr mich regelrecht an.

»Wie wäre es gleich jetzt?«

»Passt«, sagte sie und legte unvermittelt auf.

12.30 Uhr

Als ich an Maddys Haus ankam, war mir so flau zumute wie noch nie. Das lag natürlich an Edgar. Gleich würde er auf mich losstürmen und herumlabern, wie toll er war – und dann würde er Maddy wieder abküssen.

Um ein Haar hätte ich Maddy gefragt, wo er war, aber im Grund war jedes Wort über ihn verschwendet. Maddys Familie wuselte herum, also gingen wir nach oben in ihr Zimmer, wo wir unsere Ruhe hatten.

Maddy seufzte vernehmlich. »Es war doch so eine tolle Nummer!«

»Ja, aber toll ist nicht gut genug für mich. Lass dich überraschen.«

Ich legte los. Letztes Mal hatte Maddy sich vor Lachen fasst bepisst. Dieses Mal … nun, ein Halloween-Skelett hat mehr Lachmuskelaktion. Als ich fertig war, platzte ich heraus: »Was ist los? Was hat dir nicht gefallen?«

»Es war absolut grässlich«, sagte Maddy. »Fürchterlich.«

»Schön, tu dir keinen Zwang an, ich habe gestern ja nur den ganzen Tag daran gearbeitet.«

»Aber du hast wieder Witze eingebaut«, sagte sie.

»Na, das ist dir wenigstens aufgefallen.«

»Du hast dich zurückentwickelt. Die Nummer über deine Eltern ist frisch und neu und authentisch. Das hier ist nur ein Haufen ausgelutschter Lehrerwitze. Damit kannst du deinen Einzug ins große Finale knicken.«

»Denkst du!«

»Denkt jeder«, sagte Maddy. »Das ist die größte Chance, die du je hattest, und du trittst sie mit Füßen.« Sie stand auf. »Als deine Agentin befehle ich dir, deine neue Idee zu schreddern und die Nummer über deine Eltern aufzuführen.«

Ich sah sie an. »Das kann ich leider nicht.«

»Wieso?«

»Ich vermute, dass mein Dad seinen Job verloren hat. Ich habe es durch Zufall herausgefunden. Ich kann ihn jetzt unmöglich vor Millionen Fernsehzuschauern bloßstellen.«

Maddy war kurz still. »Aber wenn du es ins Finale schaffst, wird es ihn bestimmt aufheitern. Außerdem wäre dann eins seiner Probleme gelöst.«

»Wie kommst du darauf?«, wollte ich wissen.

»Na, wenn du ein berühmter Komiker wirst, kannst du ihn finanziell unterstützen.«

»Das versteht sich von selbst«, sagte ich sofort.

»Na also«, meinte sie. »Aber wenn du deine größte Chance vergeigst, hilfst du weder ihm noch dir selbst.« Sie ergänzte: »Frag deine Eltern wenigstens, ob es ihnen etwas ausmachen würde.«

»Jep, das könnte ich machen, schätze ich. Ich mach's. Danke.«

Maddy lächelte vage.

»Dann geh ich mal«, sagte ich. »Danke für deine Zeit.«

Ich war schon an der Tür, als Maddy rief: »Geh nicht.«

Ich wirbelte herum.

»Es tut mir leid, dass ich gestern Abend am Telefon so … so kurz angebunden war.«

»Kein Ding. Du warst mit Edgar zusammen und wolltest nicht gestört werden«, sagte ich mit zusammengebissenen Zähnen. »Das verstehe ich vollkommen.«

Maddy starrte auf den Boden. »Eigentlich war es so, dass Edgar gerade dabei war, mit mir Schluss zu machen, als du anriefst.«

»Was?«

»Er war gekommen, um mir mit großem Bedauern mitzuteilen, dass es zwischen uns aus sei.«

»Mit großem Bedauern? Selbst beim Schlussmachen führt er sich auf wie eine Nervensäge. Na, es hätte schlimmer sein können, er hätte dazu noch ein Gedicht aufsagen können. Und was war dann?«

»Er hat mir alles Gute für die Zukunft gewünscht und ist gegangen.« Maddy betrachtete immer noch eingehend den Teppich.

»Das muss ja ein Mordsschock gewesen sein.«

»Ja, das war es.« Maddys Stimme schwankte ein wenig. »Ich hatte noch nie einen Freund, und ich dachte, dass es ein bisschen länger halten könnte.«

»Und ich rief genau in dem Moment an, als er dir seine kleine Rede hielt?«

»Ja.«

»Du hättest mich zurückrufen sollen, nachdem er weg war.«

»Es war mir wichtig, dass du dich auf deinen Auftritt konzentrierst. Ich wollte dich nicht mit meinen Privatangelegenheiten ablenken.«

»Privatangelegenheiten«, echote ich. »Aber ich bin nicht nur dein Klient, sondern auch dein Freund!«

Die Neuigkeit war wie ein Sonnenstrahl an einem Regentag, auch wenn es mich noch mehr gefreut hätte, wenn es Maddy gewesen wäre, die die Beziehung beendet hatte.

Ich ging zu Maddy rüber und drückte ihr die Hand. Sie sah auf und erwiderte den Druck. »Edgar wird bald auf dem Bauch angekrochen kommen«, sagte ich, »und dich anflehen, diesen unwürdigen Wurm – also ihn – wieder zurückzunehmen.«

»Nein, bestimmt nicht.«

»Du scheinst dir sicher zu sein.«

»Bin ich«, sagte sie kaum hörbar. Sie sah aus, als würde sie von mir noch ein paar aufbauende Worte erwarten. Ich hoffte selbst, dass mir noch etwas einfiel. In meinem Kopf überschlugen sich die Gedanken.

Ich wusste genau, was ich sagen wollte.

»Maddy, ich mag dich sehr gern, und es würde mich sehr glücklich machen, wenn du jetzt mit mir zusammen wärst, denn die ganze Zeit, in der Edgar dein Freund war, habe ich ein Stechen im Herzen gespürt. Also hat Edgar mir doch einen Gefallen getan. Er hat mich erkennen lassen, dass du das einzige Mädchen auf der Welt für mich bist.«

Aber ich sagte kein Wort davon, denn ich wusste, dass es der falsche Zeitpunkt war, so kurz, nachdem Maddy sitzengelassen worden war. Und überhaupt ist es für einen Jungen gar nicht so leicht, so etwas zu sagen, vor allem wenn er riesige Ohren hat.

Aber es muss grässlich sein, wenn man sitzen gelassen wird, selbst von jemandem, der so abstoßend ist wie Edgar. Darum wollte ich Maddy lieber aufbauen und ihr helfen. Sie hatte mir auch schon oft geholfen.

Schließlich sagte ich: »Pass gut auf dich auf.«

Wow. Erstaunlich, ich weiß. Meine weisen Worte werden in die Geschichte eingehen. »Pass gut auf dich auf.«

Nach dieser bewegenden Äußerung trollte ich mich.

17.20 Uhr

Ich habe mit Mum und Dad geredet und ihnen gesagt, dass es für mich überhaupt kein Problem wäre, wenn sie nicht wollen, dass ich in *Kids mit Biss* meine Elternnummer bringe. Sie waren sichtlich überrascht.

»Aber natürlich musst du es durchziehen«, sagte Mum.

»Wirklich?«, rief ich.

»Ja, wenn wir es uns anhören mussten, wieso sollte es anderen Eltern erspart bleiben? Die sollen auch leiden.« Mum klang ernst, aber ich sah es in ihren Augen blitzen.

Dann schaute ich Dad an. »Für mich ist es auch null Problemo«, sagte er sofort. »Ich darf doch null Problemo sagen, wenn wir unter uns sind, oder?«

»Ja klar, klar doch.« Ich grinste.

»Du hast uns genau genommen geholfen, uns an ein paar Sachen aus unserer Kindheit zu erinnern. Zum Beispiel, wie wichtig es ist, nicht aufzufallen oder anders zu sein.«

»Aber nein, Mum«, sagte ich, »damit habe ich überhaupt kein Problem. Ich will nur nicht, dass ihr beiden auffallt und anders seid.«

Aus irgendeinem Grund fanden Mum und Dad das sehr lustig, dabei war es nur eine Tatsache. Mum lachte sogar noch, als sie die Tür öffnen ging, weil es geklingelt hatte. Dann fragte Dad: »Übrigens, warst du das, der die Hemden, die ich weggeworfen hatte, wieder in meinen Schrank gelegt hat?«

»Jep, ich dachte, sie würden dir fehlen.«

»Das dachtest du.« Ein Grinsen breitete sich auf seinem Gesicht aus. »Ich habe mich in letzter Zeit wohl etwas zu sehr ins Zeug gelegt.«

Dem konnte ich nicht widersprechen. »Mach dir deswegen keinen Kopf, Dad.«

Er fuhr fort: »Du weißt, was das eigentliche Problem mit Eltern ist, oder?«

»Sag du es mir.«

»Wir sind in unserer Vorstellung viel jünger, als man uns zutraut. Aber sobald man versucht, das zu beweisen, macht man sich lächerlich. Darum werde ich diese bemüht jugendlichen Hemden ohne Abschiedsschmerz wieder in den Mülleimer werfen. Aber die Baseballkappe und die Sportschuhe behalte ich erst mal …«

Ich riss die Augen weit auf.

»Nur als Mahnung und Warnung. Und irgendwann vermache ich sie dir.«

»Klasse, Dad.«

Ich hatte das Gefühl, dass er mir gegenüber völlig offen war, und das gefiel mir. Darum wagte ich, die folgende Frage zu stellen: »Hast du nächste Woche immer noch Urlaub, Dad?« Jetzt konnte er mir reinen Wein einschenken.

Aber er sagte nur: »Ja, habe ich. Was für ein Glück.« Er hatte dabei allerdings zu lächeln aufgehört.

Der Tag der Entscheidung

Montag, 4. November
17.00 Uhr

Auf der Liste der Leute, von denen ich niemals gedacht hätte, dass sie zu mir nach Hause kommen würden, steht Edgar ganz oben.

Aber was soll ich sagen – kurz nachdem ich aus der Schule heimgekommen war, tauchte er plötzlich auf.

Wir standen uns an der Tür gegenüber.

»Ich soll wohl nicht reinkommen«, sagte er.

»Das wirst du ganz bestimmt nicht«, fuhr ich ihn an.

Er schluckte. »Alles klar bei dir? Hast du Spaß?«

Ich glotzte ihn mit offenem Mund an. »Wieso in aller Welt willst du das wissen?«

»Ich versuche nur, mich auf dein Konversationslevel einzustellen.«

»Spar dir die Mühe. Du willst bestimmt über Maddy sprechen.«

»Ja«, gab er zu.

»Es tut dir leid, dass du mit ihr Schluss gemacht hast, und nun soll ich ein gutes Wort für dich einlegen. Na, du hast vielleicht Nerven.« Ich war jetzt stinksauer.

Edgar trat einen Schritt zurück. »Ich hatte bis jetzt nur imaginäre Freunde. Ich finde, sie enttäuschen einen nicht so sehr wie lebende Menschen. Aber dann habe ich Maddy kennengelernt, und sie hat mich überhaupt nicht enttäuscht.«

»Wieso hast du sie dann abserviert?«

»Wann immer ich mit ihr zusammen war, konnte ich spüren, dass ich nur ein Eindringling war. Es gibt nur einen Jungen, für den sie sich wirklich interessiert, und bedauerlicherweise bin das nicht ich. Es ist jemand mit weitaus niedrigerem Intelligenzquotienten.«

Bevor ich darauf etwas erwidern konnte, erschien Mum und starrte Edgar neugierig an. »Bitte deinen Freund doch herein«, sagte sie zu mir.

»Ist schon in Ordnung, Mum, er kann nicht bleiben«

»Nein, ich kann nicht bleiben«, wiederholte Edgar, »aber danke für Ihre überaus freundliche Einladung.« Mum warf ihm einen weiteren neugierigen Blick zu und verschwand.

Edgar fuhr fort: »Du hast Angst, dass Maddy dir einen Korb gibt, wenn du sie fragst, ob sie mit dir zusammen sein will.« Er studierte mich von oben bis unten. »Und ich verstehe voll und ganz, wieso du das befürchtest. Aber du musst das Risiko eingehen. Ich sage dir das, weil mir an ihr gelegen ist, nicht an dir. Das ist alles, was ich dir mitteilen wollte. Ich wünsche noch einen guten Abend.«

»Guten Abend«, wiederholte ich den Gruß, den ich vermutlich noch nie zuvor benutzt hatte, aber ich stand immer noch unter Schock. Dann fügte ich hinzu: »Danke fürs Vorbeischauen.«

Edgar blieb kurz stehen. »Ja, ich denke, es war ein gutes Gespräch. Besser als so manches andere, das ich geführt habe.«

Dienstag, 5. November
18.30 Uhr

Morgen ist das Vorsprechen.

Jedes Wort muss sitzen. Ich habe mit einer Banane als Mikro vor dem Spiegel geübt. Ich sagte: »Ist die Banane an? Eins, zwei, drei, Test.«

Aber ich denke dabei auch ständig an Edgar. Ich weiß nicht, was erstaunlicher ist … dass Edgar sich hier hat blicken lassen oder dass Maddy mich angeblich mag.

Sogar Edgar wirkte verblüfft, als er es sagte, denn Maddy spielt in einer anderen Liga.

Doch ich werde es auf jeden Fall versuchen und sie fragen, ob sie meine Freundin sein will. Ich muss nur den richtigen Augenblick erwischen.

Mittwoch, 6. November
8.00 Uhr

Eine whatsapp-Nachricht von Maddy.

Ein großer Tag.

Also nimm dir etwas Großes vor.

14.30 Uhr

Diesmal habe ich nur wenigen Leuten an meiner Schule vom Casting erzählt. Doch es muss sich herumgesprochen haben, denn alle quatschten mich an und einige wünschten mir sogar »Viel Glück«. Unfassbar.

Die Leute an meiner Schule denken nach wie vor, dass ich vom Planet der Spinner stamme. Und sie sagen immer noch so Sachen wie »Yo, Man, wo hängt dein Dad gerade ab?« und »Sag deinem Dad cu«. Aber ich schätze, dass sie dabei sind, sich an mich zu gewöhnen. Das ist ein Anfang.

Julie und ich lachen oft miteinander (sie findet, dass es ihr Immunsystem stärkt). Holly kommt immer mal wieder her, um mit mir zu reden, ignoriert aber ganz betont alle anderen Jungs in meinem Jahrgang (hey, das gefällt mir, und wie).

Ich werde also nicht noch mal die Schule wechseln. Man kann nicht ständig zwischen zwei Schulen hin- und herspringen. Ich weiß nicht mal, ob meine alte Schule mich wieder nehmen würde. Also werden sie mich wohl in diesem Saftladen behalten müssen.

14.45 Uhr

Ich glaube, ich kann nichts mehr über das Casting an diesem Nachmittag (AN DIESEM NACHMITTAG – HILFE!) schreiben. Es regt mich zu sehr auf. Ich möchte es einfach nur hinter mir haben. Also kein Wort mehr, bis es vorbei ist.

15.15 Uhr

Nun kommen doch noch ein, zwei Worte. Es ist total cool, vor dem Studio vorzufahren, direkt neben dem Radiosender. Von außen macht es ehrlich gesagt nicht viel her – lauter langweilige Büros, vor denen unzählige Autos und Laster parken.

Aber drinnen geht echt was ab. Während Dad der Empfangsdame erzählte, dass er einen Promi (!) begleitete, beobachteten Maddy und ich die Leute. Ein Mädchen redete unentwegt in ein Walkie-Talkie. »Wir können das nicht noch weiter nach hinten verschieben, wir stehen schon mit dem Rücken zur Wand.«

Ein Junge, der ein Klemmbrett schwenkte, führte uns im Eilschritt einen schlecht beleuchteten Flur entlang in einen Raum mit dunklen Wänden, nicht viel größer als mein Zimmer und nicht annähernd so gemütlich.

Evie war schon da und stellte uns andächtig flüsternd dem Co-Produzenten vor. Er hielt sich gekrümmt und beglotzte mich müde durch riesige Brillengläser. Ich war zu nervös, um mir seinen Namen zu merken.

Aber der Kameramann Marty war nett und gut gelaunt. Er wies mich an, wo ich mich hinstellen sollte. Evie sagte, ich solle mich einfach entspannen und die Kameras vergessen. Gar nicht so einfach, vor allem, als eine Kamera plötzlich auf mich zuschoss. Sie kam immer näher, bis ich mir die Nase an ihr platt drücken konnte.

Dann starrte ich in dieses riesige, verglaste, schwarze Loch. Ich habe schon freundlichere Monster in Horrorfilmen gesehen. Und da sollte ich witzig sein? Maddy und Dad lächelten mir aufmunternd zu, aber Evie und der Co-Produzent flüsterten an der Tür miteinander.

Worüber wohl? Hatte es mit mir zu tun? Ich hatte keine Ahnung, aber ich spürte eine wachsende Anspannung. Es war wie vor einem Schultest. Ich habe das scheußliche Gefühl, dass es total mies laufen wird. In so einem engen, tristen Raum kann man nicht witzig sein. Und die Kamera starrt mich immer noch so seltsam an. Gleich geht es los.

19.00 Uhr

Es ist vorbei.

Kurz nach meinem letzten Eintrag ging das rote Licht an und Evie flüsterte mir zu: »Zeig uns, was du drauf hast, Luis.«

Und das war's. Ich legte los.

Während ich verzweifelt versuchte, unter dem strengen Auge der Kamera witzig zu sein, sagte ich mir, dass ich es schaffe, aber ich hatte ein Problem. Ich musste husten und tat mein Bestes, um es zu unterdrücken. Das machte es jedoch nur schlimmer, und plötzlich entfuhr mir der seltsamste Husten, den die Welt je gehört hat. Es erinnerte mich an die Seelöwenfütterung im Zoo.

Hier war ich also, beim wichtigsten Casting meines Lebens, und ahmte einen hungrigen Seelöwen nach. Das Licht ging aus, die Kamera fuhr ein Stück weg und ich trank hastig ein paar Schlucke Wasser. Dann wühlte ich nach einem Taschentuch, denn meine Augen tränten.

Ich löste mich regelrecht auf.

»Du bist doch nicht nervös«, fragte Evie leise und vertrauensvoll. Natürlich war ich aufgeregt, aber wenn ich das zugab, stand ich endgültig als Amateur da. »Recht vielversprechend«, würden sie sagen, »aber er kommt mit dem Druck nicht klar. Ein Jammer.«

Doch ich komme mit Druck klar.

Darum sagte ich schnell: »Nein, ich bin nie aufgeregt. Ich war nur erkältet, jetzt geht es mir aber wieder prima.«

Ich atmete tief durch und hätte dabei beinahe noch einmal gehustet. Ich fing von vorne an und gewöhnte mich sogar an das riesige Glasauge der Kamera. Ich glaube tatsächlich, dass alles gut gelaufen ist. Dad und Maddy lachten – war ja klar. Auch Evie lachte und Marty grinste die ganze Zeit. Nur der Co-Produzent (ich nenne ihn Mr Kichererbse) sah hinterher immer noch so aus, als hätte er von allem die Schnauze voll.

Evie versicherte: »Das war großartig.« (Aber das sagt sie wohl zu jedem.)

»Habe ich also gewonnen?«, witzelte ich.

»Du bist der Letzte, den wir gesehen haben, und du hast sicherlich gute Chancen, so viel kann ich dir verraten«, sagte Evie. »Jetzt stellen wir euch acht auf die Website, wo Kommentare abgegeben werden dürfen. Am Freitagabend sehen wir uns alle noch einmal an. Danach treffen wir beide unsere Entscheidung.« Sie deutete auf den Co-Produzenten. »Wir suchen natürlich jemanden, der sehr talentiert ist. Aber auch nach jemandem, der besonders gut ins große Finale passt. Sobald wir uns entschieden haben, rufen wir dich an oder schicken eine Nachricht.«

Falls ich gewonnen habe, werden sie anrufen, ansonsten eine Nachricht schicken, dachte ich.

»Aber es wird nicht vor halb neun am Freitag klappen, denn es wird eine schwierige Entscheidung«, sagte Evie. »Ihr seid alle so gut.«

Draußen meinte Maddy: »Du warst besser denn je. Einfach perfekt.«

Und Dad sagte: »Ich bin optimistisch.« Dann fügte er hinzu: »Jetzt müssen wir nur noch achtundvierzig Stunden warten.«

Drückt mir die Daumen und alles, was ihr habt.

Nachricht von Evie

Donnerstag, 7. November
21.30 Uhr

Heute ist ein Tag, den ich am liebsten ausfallen lassen würde. Ich möchte ihn vorspulen, damit es ganz schnell morgen wird, dann weiß ich, ob … aber das muss ich nicht mehr hinschreiben.

Natürlich zieht sich der Tag hin wie Kaugummi und ich warte und warte und warte und …

Freitag, 8. November
20.25 Uhr

Ich zähle die Sekunden. Bald werde ich es wissen. Die ganze Familie ist im Wohnzimmer versammelt. WIR WARTEN.

Elliot hat vorgeschlagen, dass ich das Handy aufs Fensterbrett legen soll, wo ich einen besseren Empfang habe. Schon geschehen. In fünf Minuten werde ich es bestimmt wieder woanders hinlegen.

Maddy sieht so angespannt aus wie ich, und Mum bietet uns

ständig was zu essen an, doch bis auf Elliot hat keiner Appetit. Dad hängt an der Tür herum und macht Bemerkungen wie: »Denk immer daran, wie gut du dich bis jetzt geschlagen hast, Luis.«

Vor zwanzig Minuten hat mein Handy tatsächlich geklingelt. Ich sprang auf und ging eilig ran, doch es war nur Opa, der wissen wollte, ob wir schon etwas gehört hatten. Wir haben nur ganz kurz miteinander geredet. (Was, wenn Evie mich genau in dem Moment zu erreichen versucht?) Maddy sagt: »Jetzt kann es nicht mehr lange dauern.«

20.45 Uhr

Endlich, endlich, endlich – Evie hat sich gemeldet. Aber das Herz rutschte mir in die Hose, als ich sah, dass sie mir in whatsapp geschrieben hatte.

»Wenn es gute Neuigkeiten gäbe, hätte sie angerufen«, sagte ich.

»Nicht unbedingt«, meinte Maddy sofort. Aber sie klang ebenfalls enttäuscht.

Doch es waren weder gute noch schlechte Nachrichten.

Stattdessen teilte sie mir mit, dass sie und Giles (so heißt also der Co-Produzent) sich beim besten Willen nicht entscheiden konnten, da das Niveau so hoch war. Sie diskutierten immer noch mit rauchenden Köpfen, und es würde wohl bis spät in der Nacht oder sogar morgen dauern, bis sie ihre Wahl getroffen hatten.

»Du hast also immer noch gute Chancen«, sagte Mum.

»Deine Chancen sind mehr als gut«, sagte Maddy zuversichtlich. »Ich habe mir auf YouTube alle Nummern angesehen (ich hatte nicht den Nerv dafür gehabt) und du warst mit Abstand der Beste.«

Aber Maddy war ja auch parteiisch. Und der Gedanke, dass ich erst morgen die Entscheidung erfahren werde … ich bezweifle, dass ich das aushalte.

Mum brachte Elliot ins Bett und Dad ging in seine Hütte, um irgendetwas zu erledigen.

»Ich sollte besser auch gehen«, sagte Maddy.

Ich war so mit meiner Enttäuschung beschäftigt, dass ich sie kaum hörte. Sie war weg, bevor ich es mitbekam. Ich hätte sie fast per whatsapp gebeten wiederzukommen, aber ich wäre wohl keine angenehme Gesellschaft gewesen. Ich war zu aufgewühlt, um länger mit jemandem zu reden – selbst mit Maddy.

Viele Neuigkeiten

Montag, 11. November
17.20 Uhr

Erst passiert zwei Tage lang gar nichts, und dann überschlagen sich die Ereignisse.

Es ging los, als ich Dad eine Tasse Tee in seine Hütte brachte, nur um mich irgendwie zu beschäftigen. Ich kaute auf einem Karamellbonbon, weil Mum gesagt hatte, dass ich etwas essen müsste. Vor lauter Warten auf den Anruf von Du-weißt-schon-wem hatte ich den ganzen Tag nichts gegessen.

Dad telefonierte, als ich reinkam. Aber er legte schnell auf, nahm den Tee und fragte: »Immer noch nichts Neues?«

Ich schüttelte den Kopf.

»Nun, ich habe Neuigkeiten für dich. Du wirst sie vielleicht nicht für besonders gut halten, doch in Wirklichkeit sind sie es.«

Ich war ganz Ohr. Jetzt würde er mir endlich sagen, dass er seinen Job verloren hatte.

Doch er sagte: »Wir haben einen Nachhilfelehrer für dich.«

Den hatte ich völlig vergessen. Vor Schreck verschluckte ich mich fast an meinem Bonbon und hustete es raus.

Nachdem ich mich erholt hatte, sagte Dad: »Wenn du hörst, wer es ist, wirst du dich freuen. Es ist Todd.«

Todd war der Schauspieler, der mich während meines Schulwechsels in Englisch und Mathe unterrichtet hatte. Und ich mochte ihn sehr, obwohl er Nachhilfelehrer war.

»Todd hat gerade Zeit, weil seine neuen Projekte noch nicht richtig laufen.«

»Eine Schande«, sagte ich. »Ich bin sicher, er wäre brillant, wenn man ihm eine Chance gäbe.«

»Mag sein, aber es hat auch sein Gutes. Er kennt sich unheimlich gut im achtzehnten Jahrhundert aus.«

»Ich schätze, irgendjemand muss sich da auskennen, aber es wäre wohl nicht schlecht, ein bisschen was über Geschichte zu wissen.« Ich hatte nicht geahnt, dass ich das sagen würde. Dad wirkte mehr als überrascht.

Und wenn ich schon einen Nachhilfelehrer bekommen musste, dann war Todd meine erste Wahl. »Also schauen wir mal, wie es mit Todd läuft«, fügte ich hinzu. »Der arme alte Todd, so ganz ohne Engagement. Aber eine Zwangspause kann jedem passieren. Machst du gerade eine Pause, Dad?«

Ich fand, dass ich sehr diplomatisch gefragt hatte. Aber ich konnte nicht länger den Mund halten. Ich musste wissen, ob er wirklich seinen Job verloren hatte.

Dad richtete sich auf und machte einen Schritt nach hinten. »Du hast einige meiner E-Mail-Ausdrucke entdeckt, stimmt's?«

»Sie sind mir versehentlich auf den Boden gefallen, aber ich habe nur eine Sekunde draufgeschaut.«

»Dachte ich es mir. Nun, es ist nichts weiter als ein klitzekleiner Rückschlag.«

»Sicher, aber Dad, es heißt, dass du im Moment arbeitslos bist.«

»Ich habe mich freistellen lassen.«

»Du wurdest also nicht gefeuert«, sagte ich.

Dad lächelte matt. »Doch, aber ich habe eine Abfindung bekommen.«

»Das kann nichts schaden.« Dann fügte ich hinzu: »Ich kapier das nicht. Als Rup hier war, schient ihr euch prima zu verstehen.«

»Wirklich?«, meinte Dad langsam. »Nun, ich habe mich so sehr bemüht, ihm zu zeigen, dass ich mich seiner Arbeitsweise anpasse und voller neuer Ideen stecke, aber letztlich wollte er einfach frisches Blut.«

»Hört sich an, als wäre er ein Vampir.«

»Ich war nicht das einzige Opfer, die ganzen Graubärte sind weg vom Fenster.«

Ich fand das abscheulich und schockierend. Dad war toll in seinem Job und hatte jahrelang hart dafür gearbeitet.

»Hey Dad, das tut mir leid.«

»Schon okay«, sagte Dad fest. »Rup hat mir im Grunde genommen einen Gefallen getan. Es ist Zeit für eine Veränderung und neue Möglichkeiten. Ich habe schon eine Menge Treffen mit Freunden und anderen Kontakten vereinbart, eine Sache sieht besonders aussichtsreich aus. Alles wird gut.«

Aber ich wusste, dass die Sache Dad mehr zu schaffen machte, als er zugab.

»Elliot sagen wir nichts«, meinte er plötzlich.

»Geht klar.«

»Könntest du mir einen Gefallen tun?«, fragte er.

»Na, immer doch«, antwortete ich.

»Hör mir gut zu: Ich komme klar mit dem, was mir da passiert ist. Du hast noch dein ganzes Leben vor dir, und ich möchte, dass dir eine Menge toller Sachen passieren. Das ist es, was zählt. Also, mach dir keine Gedanken über diesen kleinen Rückschlag.« Dad lächelte mich an. »Das ist meine Welt, nicht deine.«

»He, das hast du von mir geklaut«, sagte ich. Es war eine Zeile aus meiner Nummer über Eltern.

Aber da verstand ich, warum Dad mir bisher nicht erzählt hatte, dass er arbeitslos geworden war. Es hatte nichts damit zu tun, dass er zu stolz war oder sich schämte. Dad wollte einfach die unerfreulichen Sachen von mir fernhalten. Er brachte das ganz allein wieder in Ordnung. Seine Welt – nicht meine.

»Denk also nicht weiter darüber nach, okay?«, bat Dad.

Es sah mich direkt an. Auf seine Art war er reichlich mutig, fast schon ein Held.

»Okay?«, beharrte er.

Ich nickte, aber ich wollte ihm auch etwas sagen. Es gab eine Neuigkeit, die ich ihm anvertrauen konnte und die er bestimmt gern erfahren würde.

»Weißt du, was, Dad«, fing ich an.

»Was?«

»Du wirst lachen, wenn ich dir das sage.«

»Nun mach schon.« Dad lächelte bereits.

»Die Sache ist die, Dad. Du bist tatsächlich so was wie … cool.«

Dad lachte wirklich und schüttelte dabei den Kopf. »Oh nein, ich habe deine Nummer gehört, und ich weiß, dass Eltern niemals cool sein können. Sie sind entweder …«

»Aber«, unterbrach ich ihn eifrig. »Es gibt noch eine Regel, die besagt: Wenn Eltern aufhören, cool sein zu wollen, dann sind sie wirklich cool.«

»Diese Regel hast du gerade erfunden, stimmt's?«

»Stimmt.« Ich grinste. »Aber sie trifft hundertpro zu.«

»Gut zu wissen«, sagte Dad langsam, »dass ich letztlich doch noch cool bin. Ich werde versuchen, es mir nicht zu Kopf steigen zu lassen.« Er grinste.

Dad und ich wollten gerade gehen, als Mum hereingerannt kam und mein Handy herumschwenkte. »Luis, eine Nachricht ist gekommen«, rief sie.

»Eine Nachricht. Oh, das ist nicht gut«, sagte ich.

»Das weißt du nicht«, sagte Mum. Dad stimmte ihr murmelnd zu.

Aber wahrscheinlich war es wirklich nicht gut. Ich wette, Evie schrieb: »Danke, dass du es versucht hast, aber wir haben den Jongleur genommen oder den Zauberer oder den Taubenimitator.«

Das wollte ich auf keinen Fall lesen. Glücklicherweise habe ich Nerven wie Stahl.

Also las ich die Mitteilung, und da stand … ich kam ins Schwanken. Ich stolperte rückwärts. »Mum und Dad, könnt ihr mir sagen, ob ich träume oder nicht.«

»Was steht denn da?« Mum war ganz hibbelig. Dad drängte sich dicht an mich.

»Evie schreibt, dass sie und Giles nun ihre Entscheidung getroffen haben – ich bin im Finale. Sie wird mich morgen früh anrufen, um die Einzelheiten zu besprechen, aber sie dachte, dass ich es gleich erfahren möchte. Und wenn ich jetzt aufwache, weil alles nur ein Traum war, rege ich mich fürchterlich auf.«

»Gut gemacht«, sagte Mum.

»Absolut verdient«, sagte Dad.

»Falls Elliot noch wach ist, muss ich es ihm sagen«, sagte Mum. »Er wollte unbedingt, dass du es schaffst.«

»Und Maddy musst du auch sofort Bescheid geben«, fand Dad.

»Na klar«, fing ich an, doch dann hielt ich inne. Nein, solche brandheißen Neuigkeiten musste ich ihr persönlich überbringen. Und zwar auf der Stelle. Gleich, nachdem ich sie gefragt hatte, ob sie meine Freundin sein wollte. Ich hatte auf den richtigen Augenblick gewartet. Einen besseren als diesen würde es nie mehr geben.

Ich lande fast in »Aktenzeichen XY«

Montag, 11. November Fortsetzung
17.50 Uhr

So schnell bin ich noch nie gerannt. Den ganzen Weg bis zu Maddys Haus! Doch dann … vor ein paar Minuten war ich noch total zuversichtlich gewesen, und nun zitterte ich bei dem Gedanken, Maddy zu fragen, ob sie mit mir zusammen sein wollte.

Edgar hatte gesagt, dass sie mich wirklich mochte. Aber was, wenn er gelogen hatte? Was, wenn er sich damit an mir rächen wollte? Ich könnte zwischen Maddy und mir alles zerstören, wenn ich sie fragte und sie mich einfach nur entsetzt ansah.

Ich konnte mir nicht sicher sein, wie sie reagieren würde. Kein Junge, der solche Ohren hat wie ich, könnte das.

Darum beschloss ich, es möglichst beiläufig zu machen, als wäre es keine große Sache. Falls sie Nein sagte oder aussah, als hätte man ihr einen Frosch auf den Kopf gesetzt, würde ich schnell etwas Witziges sagen und wir könnten zusammen darüber lachen. Es würde nicht peinlich werden.

Als ich an Maddys Haus ankam, wurde gerade die Tür aufgerissen und eine Stimme rief: »Bring das bitte in den Müll, Maddy.«

Maddy würde also gleich hinters Haus laufen. Wie wäre es, wenn ich mich hinter einer der Mülltonnen verstecken und dann herausspringen würde, um Maddy zu erschrecken? So würde ich gleich eine wahnsinnig komische Situation erzeugen.

Ich muss zugeben, dass die Idee sich im Nachhinein nur noch idiotisch anhört, doch in diesem Moment fand ich sie prima. Als ich mich hinter die große, schwarze Mülltonne kauerte, kicherte ich wie ein Freak. Das würde ein Mordsspaß werden.

Ich hörte Maddys Schritte und hielt die Luft an. Dann kloppte sie eine Mülltüte in die Tonne. Ich sprang aus meinem Versteck und grinste total gaga. »Ich bin der Geist aus der Mülltonne.«

Maddy stieß einen gellenden Schrei aus. Im gleichen Moment sah ich jemanden auf mich zurennen, der ebenfalls eine Mülltüte trug. Jemand, der merkwürdigerweise genau wie Maddy aussah.

Das lag daran, dass sie das nämlich war. Und die keuchende, kreischende Person vor mir war Maddys Mutter. Ich wünschte mir, dass die Mülltonne sich öffnen und mich verschlingen würde, so entsetzlich war dieser Augenblick.

»Nicht erschrecken!« Ich versuchte, beruhigend zu lächeln. »Ich bin's, Luis. Wir sind uns schon ein paar Mal begegnet. Es tut mir so leid, ich habe Sie für Maddy gehalten. Im Dunkeln sehen Sie genau wie sie aus, obwohl sie natürlich viel, viel älter sind …« Ich redete um mein Leben, während Maddys Mum immer noch keuchte und nach Luft rang. Maddy war jetzt bei ihr angekommen. »Alles in Ordnung, Mum?«

»Oh ja, ja«, sagte sie. »Ich bin nur so erschrocken, als Luis plötzlich hochsprang.« Sie starrte mich an. »Wie lange hattest du dich denn versteckt?«

»Ach, noch gar nicht lange«, beeilte ich mich zu versichern. Sie sollte nicht denken, dass ich mich jeden Abend hinter Mülltonnen herumdrückte. »Ich wollte nur Maddy besuchen, und ich dachte, ich könnte sie überraschen … ich bin Komiker«, fügte ich hinzu, um alles zu erklären.

Die Sache nahm schließlich ein gutes Ende. Maddy und ihre Mum mussten sogar ein bisschen lachen. Aber es hätte auch eine Folge von »Aktenzeichen XY« werden können. Ich untertreibe maßlos, wenn ich sage, dass ich mich in Grund und Boden schämte. Nachdem Maddys Mum fort war, sagte ich: »Ich bin nur gekommen, um dir zu sagen, dass Evie mir eine whatsapp-Nachricht geschickt hat.«

»Oh.« Maddys Stimme schwankte unsicher. Genau wie ich vorhin, erwartete sie das Schlimmste.

Ich wartete eine Sekunde, um die Spannung ins Unerträgliche zu steigern. »Und Evie sagte, dass sie sich nach langer Beratung endlich entschieden hätten – für mich.«

»Wow, wow, das ist ja großartig«, rief Maddy.

Sie führte einen regelrechten Freudentanz auf, darum hielt ich das für den geeigneten Augenblick, um beiläufig hinzuzufügen: »Du warst mehr als nur eine großartige Agentin, Maddy, darum wird es Zeit, dich zu befördern – zu meiner Freundin.« Die letzten drei Worte rasselte ich so schnell herunter, dass ein Überschalljet mich beneidet hätte. Kein Wunder, dass

Maddy mich mit offenem Mund anstarrte. Sie hatte aufgehört herumzutanzen. Dann fragte sie: »Hat Edgar dir gesagt, dass du dich an mich ranmachen sollst?«

»Also, er hat es mir nicht direkt gesagt … er hat nur mal kurz vorbeigeschaut …«

»Er ist ja so ein wunderbarer Mensch«, unterbrach mich Maddy. Das war nicht unbedingt die Reaktion, die ich mir auf meinen Antrag erwünscht hatte. »Er wird von allen missverstanden, auch von dir«, fügte sie streng hinzu.

»Edgar hat verborgene innere Werte«, stimmte ich ihr zu, »im Gegensatz zu mir. Ich habe nur verborgene Unwerte.«

Maddy fuhr fort: »Ich bin sicher, dass seine Gedichte eines Tages veröffentlicht werden. Darum werde ich ihn ebenfalls als Agentin vertreten. Ich werde versuchen, ihm zu helfen, so wie er mir helfen wollte. Ich verstehe jetzt, dass er mit mir nur deswegen Schluss gemacht hat, weil er wollte, dass ich glücklich werde.«

Dann blähten sich ihre Nasenflügel vor Wut. »Aber du hast keine Ahnung, was? Erst erschreckst du meine Mum, dann machst du mir einen Antrag und bekommst es nicht mal richtig hin. Du bietest mir eine *Beförderung* an!«

»Um ehrlich zu sein, habe ich noch nie ein Mädchen gefragt, ob sie mit mir zusammen sein will. Ich hatte noch nie das Bedürfnis …«

»Bis Edgar dich auf die Idee gebracht hat«, unterbrach sie mich.

»Nein, das war nicht Edgar. Ich wollte es schon lange, aber ich habe nichts unternommen – bis jetzt.«

Maddys Mum rief nach ihr.

»Ich muss jetzt gehen«, sagte sie. »Danke, dass du gekommen bist, um mir zu sagen, dass du es ins Finale geschafft hast. Das ist großartig.«

»Ich muss immer noch gegen den Papagei gewinnen.«

»Das schaffst du«, sagte sie zuversichtlich und wandte sich zum Gehen.

»Was ist mit der Sache, die nicht so großartig ist – dass ich mit dir zusammen sein will?«, fragte ich. »Soll ich es noch mal versuchen?«

»Warum nicht«, sagte Maddy. »Aber lass dir nächstes Mal etwas Besseres einfallen als eine Beförderung.«

»Ich werde mich anstrengen«, versprach ich.

Dienstag, 12. November
17.00 Uhr

Ich habe Maddy eine Nachricht geschickt.

Hier ist sie.

Wenn ich dich sehe, steigt mein Herz in den Himmel wie ein bunter Drachen. Den Satz habe ich mir ganz alleine ausgedacht, Maddy. Ist es so besser? Es stimmt übrigens. Edgar, da erblasst du vor Neid, was? (Diesen letzten Satz habe ich weggelassen.)

17.20 Uhr

Ihre Antwort.

Das klingt schon besser, also mach weiter so – wer weiß. Ich habe mich bei Edgar dafür bedankt, dass er versucht hat, uns zusammenzubringen. Er hat zurückgeschrieben, dass er Happy Ends hasst.

Ich nicht. Maddy xx

18.00 Uhr

Und das war's. Kannst du dir vorstellen, dass ich schon wieder ein Tagebuch vollgeschrieben habe? Es ist gerade noch genug Platz für eine tiefe Verbeugung und ein Dankeschön für mein tolles Publikum.

Ich verlasse dich nur ungern. Aber wenn ich mich schon verabschieden muss – nun, du weißt ja, es gibt Tage, da fühlt man sich, als würde im Herzen die Sonne scheinen – und genau so geht es mir gerade (obwohl es draußen wie aus Kübeln schüttet). Tausend Möglichkeiten haben sich ergeben und ich bin voller Hoffnung.

Nun ist nicht mal mehr Platz für einen letzten Witz.

Denk dran: Immer schön lächeln.

Luis, die Lachnummer

ISBN 978-3-8458-1425-4

ISBN 978-3-8458-1427-8

ISBN 978-3-8458-1320-2

Auch zu bestellen unter www.arsedition.de

arsEdition
... bringt Freude